쥐뿔도 없는 회귀

쥐뿔도 없는 회귀 7

목마 퓨전 판타지 장편소설

초판 1쇄 찍은 날 | 2018년 7월 10일
초판 1쇄 펴낸 날 | 2018년 7월 17일

지은이 | 목마
펴낸이 | 예경원

기획 | 위시북스
편집책임 | 이규재
편집 | 위시북스

펴낸곳 | 예원북스
등록번호 | 제396-2012-000132호
등록일자 | 2012. 7. 25
KFN | 제1-284호

주소 | 경기도 고양시 일산동구 호수로 646-24 위너스21II빌딩 206A호 (우)10401
전화 | 031-819-9431 팩스 | 031-817-9432
E-mail | yewonbooks@naver.com

ISBN 979-11-89348-35-9 04810
      979-11-6098-833-8 (set)

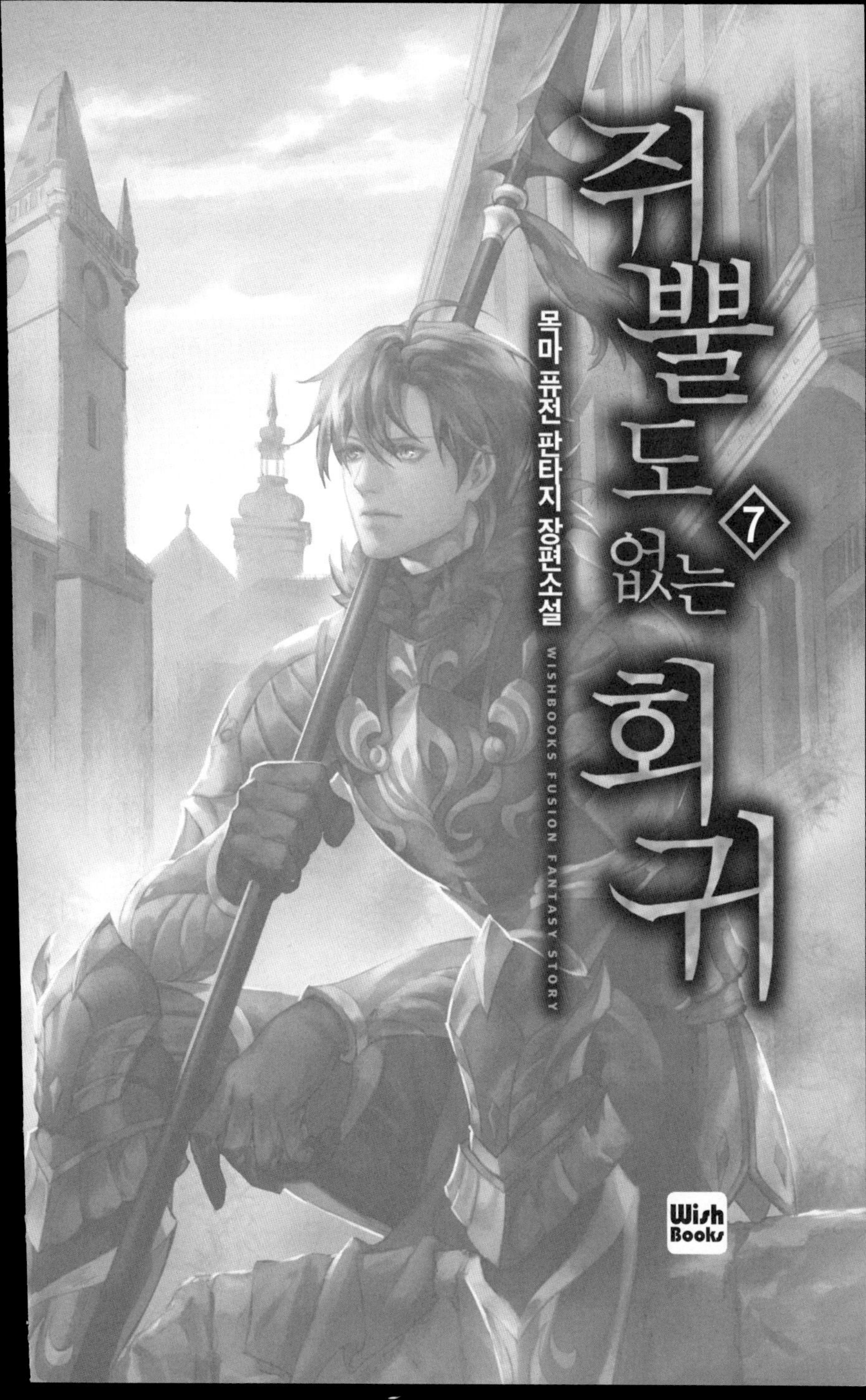
쥐뿔도 없는 회귀
7
목마 퓨전 판타지 장편소설
WISHBOOKS FUSION FANTASY STORY
Wish Books

CONTENTS

1장
재회

　동정심은 품지 않는다.

　유호정은 발을 들어 멈춘 걸음을 다시 앞으로 향했다. 눈앞에 있는 것은 소천마 위지호연. 이제 고작 스물셋의 나이라고 하여도, 저 어린 마두가 근 5년 동안 해온 행보는 경이적이기 짝이 없었다.

　그녀는 북쪽의 혈천마 백무선과 혈천맹을 고꾸라뜨렸고, 자신에게 도전하는 수많은 이에게 패배와 죽음을 안겨주었다.

　사실 그것만 두고 본다면 위지호연을 마두라고 하기에는 여러모로 부족한 것도 사실이다. 그녀는 대학살을 벌이지도, 뚜렷한 악행을 벌인 것도 아니다.

　그럼에도 위지호연이 무림맹의 시선을 받게 된 것은, 그녀가 자신을 소천마라고 칭했기 때문이다. 북쪽에서 활동하던 혈천마와 격돌하여 그에게 압도적인 패배를 안겨주었기 때문이다. 던전을 홀로 공략하여 보상을 얻었기 때문이다.

위지호연은 너무 강했다. 저 어린 나이에도 저만한 강함. 소천마는 이미 초월지경에 들어선 무인이라며 모두가 공공연하게 떠들어 댄다.

수십 년 무공을 수행한 대문파의 장문인이나 장로 중에서도 초월지경을 넘은 이들은 한 손에 꼽을 정도다.

많은 무인은 초절정에도 도달하지 못한다. 절정의 벽도 넘지 못한 이들이 오히려 평균이다.

이 넓은 세계, 매일 다른 차원에서 사람들이 밀려오는 이 세계에서조차도 초월지경은 그러한 경지다.

너무 강하다.

벌써부터 초월지경이라면 10년의 세월이 흘렀을 때 이 세상에서 대체 누가 저 괴물의 행보를 막을 수 있겠는가. 그러니 여기서 죽여놓아야 한다.

저 어린 괴물이 어쩌다가 약해진 것인지는 모르겠으나 이것은 천재일우의 기회였다.

명분 따위는 필요 없다. 무림맹이 마를 척결하는 것에 나서겠다는데 대체 무슨 명분이 필요하다는 것인가.

실제로 모여든 사람 중에서는 유호정을 탓하며 위지호연의 편을 드는 이는 아무도 없었다. 그들은 방관자였고, 이런 싸움을 볼 수 있다는 것을 행운이라고 느끼는 사람들이었다.

그들의 묵인과 기대 어린 시선이 유호정에게는 힘을 북돋아 주었다.

위지호연은 더 이상 저항하려 들지 않았다. 그녀는 착잡한 표정으로 다가오는 유호정을 보기만 할 뿐이었다.

저주는 내력을 제대로 끌어올리게 만들지 못하고 있다. 흑룡포와 던전에서 얻은 흑의로 여태까지 버텨왔지만 이제 그것도 한계였다.

'기다리고 있을까?'

이미 시간이 꽤 지났으니까 이미 떠났을지도 모르지.

어느 쪽이든 상관은 없다. 위지호연은 자신의 죽음을 예감했다. 10년을…… 죽음을 두려워하지 않고 살았다. 하지만 갑작스럽게 찾아온 죽음은 낯설다. 덤덤할 수가 없었다.

위지호연은 낮게 웃음을 흘렸다.

목숨을 구걸할까, 도망칠까.

어느 쪽이든 하고 싶지 않았다. 여태까지 살면서 도망친 적이 없었다. 목숨을 구걸하고 싶지도 않았다.

위지호연은 죽을 준비를 했다. 눈을 감고 철갑이 흔들리며 내는 쇳소리와 묵직한 발소리를 들었다.

그러나 어느 순간 소리가 멈추었다. 바람이 거칠어졌다. 위지호연은 감고 있던 눈을 떴다.

유호정은 더 이상 앞으로 걷지 않았다. 그는 눈을 부릅뜨고서 앞을 가로막은 남자를 보았다. 위지호연도 남자의 등을 보았다.

문득 그런 생각이 들었다.

나는 녀석의 등을 본 적이 없다.

언제나 앞서 있던 것은 위지호연이었고, 뒤쪽에서 등을 보며 따라오던 것은 이성민이었다.

1년 전에 던전에서 보았을 때에도 그랬다. 위지호연은 먼저 던전의 끝에 있었고, 이성민은 그런 위지호연을 찾아왔었다.

하지만 지금은 아니었다. 이성민은 위지호연에게서 등을 돌리고 그녀를 지키기 위해 서 있었다. 새삼 보게 되는 저 등이 꽤 넓다고 느꼈다.

"……이성민?"

"귀창!"

위지호연이 힘없는 목소리로 이성민을 불렀고 유호정은 노기를 담은 목소리로 이성민의 별호를 외쳤다.

"이 상황에서 자네가 내 앞을 가로막는 것이 무슨 의미인지 알고서 하는 일인가?"

이성민은 대답하지 않았다. 그는 유호정을 노려보면서 등 뒤에 주저앉아 있는 위지호연의 존재를 느꼈다.

……약하다.

당최 이유를 알 수 없었지만 위지호연은 1년 전에 던전에서 만났을 때와 비교도 할 수 없을 정도로 약해져 있었다.

"……무슨 짓을 하시려는 겁니까?"

이성민은 위지호연을 보지 않았다. 당장은 눈앞에 있는 유호정을 어떻게든 해야만 했다.

이성민의 질문에 유호정은 아래로 내려와 있던 안면 가리개를 위로 올리면서 외쳤다.

"마두를 척결하고 있네!"

"……위지호연이 마두라는 겁니까?"

"이곳에 그 계집 외에 대체 누구를 마두라고 할 수 있겠는가!"

유호정이 외쳤다.

지긋지긋했다. 이런 대화는 1년 전에 던전에서도 숱하게 들었다.

정파와 사파 같은 것에 얽히고 싶은 마음은 없었지만, 무림맹이 보는 위지호연은 마두였다.

정파와 사파. 무림에서부터 넘어온 그 두 개의 구분은 역겨웠으나 이성민은 그 자체를 탓하고 싶지 않았다.

"위지호연을 죽일 겁니까."

"잘 생각하게. 자네가 왜 저 마두의 앞을 막는 것인지는 모르겠지만 여자라서, 아름다워서라는 그따위의 하찮은 이유와 영웅 심리로 나선 것이라면 그만두게."

"죽일 겁니까?"

"죽일 수 있을 때 죽여야 해! 10년, 아니, 5년일지도 모르지! 5년만 지나도 저 괴물은 세상 누구도 막을 수 없을 거야. 무공? 마법? 어떤 수단을 써도 초월적인 힘 앞에서는 무의미한 것이니까……!"

유호정이 고함을 질렀다. 그 말을 듣고 나서야 이성민은 머리를 돌려 유호정을 보았다. 위지호연은 입을 반쯤 벌리고서 이성민을 보고 있었다.

1년이라는 시간 동안 이성민의 얼굴을 바꾸지 않았다.

하지만 위지호연은 이렇게 시선을 맞대고 있는 이성민이, 정말로 자신이 알던 이성민인지 확신할 수가 없었다.

"……너야?"

"나야."

위지호연이 물었고, 이성민은 머리를 끄덕거렸다. 이런 식으로 만나리라고는 상상하지 못했다.

"다쳤어?"

"멀쩡해."

"거짓말이 늘었군."

이성민의 중얼거림을 듣고서 위지호연이 웃음을 터뜨렸다.

이성민은 몸을 돌려 위지호연에게 다가갔다.

쿠우웅!

커다란 소리와 함께 땅이 뒤흔들렸다. 유호정이 들고 있던 랜스로 땅을 내리찍은 것이다.

"소천마에게 손을 대었다가는!"

유호정이 사자후를 터뜨렸다.

"나는 자네를 뛰어난 후배가 아닌, 마두의 편을 드는 마두로서 척결에 나설 것일세."

"그렇게 하십시오."

이성민은 낮은 목소리로 대답했다. 그 대답에 유호정이 어깨를 부르르 떨었다.

"어리석은……!"

그 말을 끝으로 유호정은 더 이상 이성민과 대화를 하려 들지 않았다.

전신을 갑옷으로 감싼 유호정이 달리는 속도는 갑옷을 입었다고는 상상할 수 없을 정도로 빨랐다.

거대한 랜스를 앞세워 찌르는 돌격.

말을 타지 않아도 경공과 내공의 보조를 받는다면 말을 탄 것 이상의 위력을 갖는다.

이성민은 몸을 돌리면서 등 뒤에 메고 있던 창을 손으로 잡았다.

꽈아아앙!

커다란 소리가 공기를 뒤흔들었다. 이성민이 휘두른 창과 유호정의 랜스가 정면으로 충돌했다.

유호정은 직선으로 뻗어 돌격한 자신의 랜스가 옆으로 밀려났다는 것에 경악했다.

"으음!"

그런 신음과 함께 유호정은 주저 없이 극성의 공력을 끌어올렸다.

얕잡아 볼 상대가 아니다. 어젯밤에 창법을 수행하던 것을 보아 결코 쉬운 상대가 아님은 이미 파악해 두었으나 설마 오늘 이렇게 싸우게 될 줄은 몰랐다.

"좀 쉬고 있어."

이성민은 위지호연에게 그렇게 말해두고서 마갑을 전개시켰다.

크게 확장된 마갑이 전신을 감싼다.

방금의 격돌.

돌진하여 찌른 유호정과는 다르게 이성민은 제자리에서 창을 휘두르는 것으로 유호정의 공격을 거두어 냈다. 하지만 그렇다고 해서 이성민이 유호정보다 앞선 실력을 가진 것은 아니었다.

"······헤이스트."

유호정이 입을 벌려 중얼거렸다. 그 말에 이성민의 눈썹이 움찔 떨렸다.

유호정이 입고 있던 마갑이 빛을 발했다. 유호정은 이성민의 행동을 살피면서 계속해서 입술을 달싹거렸다. 유호정이 내뱉는 말은 마법의 시동어였고 그럴 때마다 갑옷의 빛이 바뀌었다.

유호정의 갑옷은 단순히 방어의 용도만을 가지고 있는 것이 아니었다. 유호정의 움직임을 보조하는 다양한 마법이 걸려 있는 것이다. 비단 갑옷뿐만이 아니었다. 유호정이 쥐고 있는 랜스도 빛을 발한다.

이성민은 더 이상 보지 않고서 유호정을 향해 달려들었다. 여유를 가질 상대가 아니다. 철갑신창 유호정은 정파 무림에서도 손에 꼽히는 창수이며 그런 고수가 버프 마법까지 두르고 있다.

콰아앙!

창과 창이 부딪힌다. 터진 소리는 묵직한 쇳덩이가 서로 부딪힌 것처럼 요란했다.

유호정은 조금도 뒤로 물러서지 않았다. 오히려 이성민이 손에 전해지는 저항감에 양손에 힘을 더욱 불어넣었다.

유호정이 랜스를 휘두른다. 거대한 랜스가 그 크기로는 믿을 수 없을 정도로 빠른 속도를 낸다.

이성민은 창을 빙글 돌렸다.

꽈앙!

반 바퀴 회전을 넣어 돌린 창과 랜스가 충돌했다. 유호정이 쓰는 창법은 이성민이 여태까지 겪어온 그 어떤 것과도 달랐다.

유호정은 보폭이 짧은 보법을 밟았고 어깨와 팔의 움직임을 최대한 줄이고서 랜스를 끊어 찔렀다.

이성민은 상체를 뒤로 젖히고서 양손으로 창을 잡았다. 창간을 넓게 잡아 창을 빙글 돌려 유호정의 찌르기를 막는다.

그 순간이었다.

"밤."

유호정이 낮은 목소리로 중얼거렸다. 충돌한 지점에서 폭발이 일어났다. 폭발의 위력은 그리 크지 않았으나 이성민을 놀라게 하기에는 충분했다.

폭발로 주춤 뒤로 물러선 이성민을 향해 유호정이 과감하게 발을 앞으로 뻗었다. 쉭 하고 다가온 유호정은 힘을 주어 랜스를 찔렀다.

이성민은 혀를 차며 무영탈혼을 펼쳤다. 일보무흔의 잔상이 랜스에 꿰뚫렸고 옆으로 이동한 이성민의 창이 구천무극창을 펼쳤다.

콰드득!

추혼일살의 찌르기가 유호정의 틈을 꿰뚫었다. 하지만 뚫리지 않는다. 호신강기와 갑옷의 방어력, 거기에 방어 마법까지 두르고 있으니 단단함의 수준이 다르다.

시간을 오래 끌어서는 안 된다. 지금 이곳에 있는 것은 유호정뿐이었지만 시간을 끌었다가는 다른 무림맹의 무인들이 올지도 모른다. 그렇게 된다면 상황은 더욱 나빠진다.

이성민의 심, 기, 체가 어그러진 상태였다면 유호정을 상대로 쉬운 싸움을 벌일 수는 없었을 것이다.

그러나 그건 몇 달 전의 이야기. 이성민은 동요하지 않고서 찌른 창을 뒤로 빼냈다. 자하신공이 내공을 돌린다. 예전의 삐걱거리던 육체와는 전혀 다른 반응을 터뜨린다.

콰콰쾅!

이성민이 쏘아낸 수십 개의 창과 유호정의 랜스가 거듭해서 충돌했다.

유호정의 속도는 이성민보다는 느렸지만 그는 최소한의 움직임으로 랜스를 찌르며 이성민의 창의 궤적을 조금씩 바꾸어 갔다.

이성민은 창을 찌른 즉시 창간을 고쳐 잡고서 창을 휘둘렀다. 관자놀이로 창준이 날아오자 유호정은 랜스를 잡은 손을 놓고서 팔을 들어 올려 방어했다. 그러자 기다렸다는 듯이 이성민은 창을 놓았다.

맨손으로 달려드는 이성민을 보고 유호정은 당황할 수밖에 없었다.

"이 무슨……!"

이성민의 양손이 유호정의 팔뚝을 잡았다. 유호정은 랜스를 휘두르려 했으나 이성민의 손이 그의 팔뚝을 비트는 것이 더 빨랐다.

갑옷이 두껍고 방어 마법이 걸려 있다고는 하나, 이성민의 손을 감싼 것은 광천마의 성명절기인 혈환신마공이었다.

갑옷이 우그러지면서 유호정의 팔뚝 관절이 비틀렸다. 유호정이 짧은 비명을 내질렀다.

쿠웅!

묵직한 랜스가 땅으로 떨어졌다.

"놈!"

하지만 유호정도 녹록하지는 않았다. 그는 아직 멀쩡한 다른 손을 휘둘러 이성민의 얼굴을 때리려 들었다.

이성민은 상체를 흔들어 그 공격을 피해내며 뒤로 물러섰다. 허를 찌른 근접 무투가 잘 먹히기는 했으나 솔직히 이성민은 맨손 싸움에 큰 자신이 없었다.

이성민이 손을 펼치자 바닥에 떨어졌던 창이 홱 하고 날아와 이성민의 손에 잡힌다. 허공섭물 정도는 예전부터 쓸 수 있었다. 쓰지 않았을 뿐이다.

이성민은 발을 앞으로 뻗으면서 창간을 잡은 팔을 휘둘렀다. 일직선의 창간이 유호정의 가슴팍을 두드렸다. 그 즉시 창을 반 바퀴 돌리고서 창준으로 유호정의 발등을 내리찍었다.

하지만 유호정은 비명을 지르지 않았다. 호신강기와 갑옷, 방어 마법 덕분이다.

이성민은 그를 확인한 즉시 창을 옆으로 살짝 비틀었다. 그러고는 양손을 당겨 창을 자신 쪽으로 기울였다.

"윽!"

유호정이 놀란 소리를 냈다. 다리 사이로 들어온 이성민의 창간이 유호정의 사타구니를 때렸다. 아프지는 않았지만 대뜸 그런 급소를 얻어맞았으니 놀랄 수밖에 없다.

유호정이 비틀거리며 다리를 빼내려 할 때 이성민은 자세를 낮추며 창을 수평으로 뉘었다.

길쭉한 창이 유호정의 오른쪽 다리오금에 걸린다. 힘을 주어 그것을 강하게 당기자 유호정이 균형을 잡지 못하고 엉덩방아를 찧었다.

이성민은 그런 유호정을 힐긋 보다가 몸을 돌렸다.

"……뭐 하는 거냐!"

유호정이 고함을 질렀다.

"왜 나를 죽이지 않는 거냐! 내가 우스워 보이느냐!"

"당신도 나를 죽이려 하지 않았잖습니까."

이성민이 대답했다. 그 말에 유호정의 말문이 막혔다. 마두로서 척결하겠다고 한 주제에 유호정은 살초를 펼치지 않았다. 유호정의 공격은 모두가 이성민을 제압하기 위한 것이었지 죽이기 위함이 아니었다.

"나는 살인을 그리 좋아하지는 않습니다. 어쩔 수 없는 상황이라면 모를까."

사실이었다. 유호정이 이성민을 죽이려 했다면 이성민은 유호정을 죽였을 것이다. 하지만 유호정은 이성민을 죽이려 들지 않았다. 이성민이 살초를 쓰지 않은 건 단지 그 때문이었다.

위지호연을 죽이려 했던 것은?

그것에 대해서는 생각하고 싶지 않았다. 정파 무림맹 소속인 유호정과 소천마 위지호연. 그 이해관계에 대해 따지고 싶지도 않았다.

"……나를 죽이지 않는다고 해서…… 자네의 행동이 정당화되는 것은 아니야."

유호정이 등 돌린 이성민을 향해 내뱉었다.

"자네가 소천마를 보호하고 그녀를 데리고 떠나는 것은 무림맹을 적으로 돌린다는 뜻일세. 그게 무슨 뜻인지 아는가? 무림맹이 있는 도시 크론은 이곳에서 가까워……! 내가 떠들지 않아도 자네의 행동은 이곳에 있는 모두가 보았어. 소천마가 약해진 이상 무림맹은 바로 척살대를 조직하겠지. 자네가 소천마를 보호한다면…… 척살대는 자네 또한…….”

“그때는 그때 일 아닙니까.”

이성민이 대답했다.

“당신을 죽이지 않아도 척살대가 오는 것이고 당신을 죽여도 척살대가 오는 것이라면. 나는 그냥 죽이지 않는 것으로 하겠습니다.”

“위선 떨기는……!”

유호정의 일그러진 외침에 이성민은 대답하지 않았다. 그는 구경꾼들의 시선을 받으며 위지호연에게 다가갔다.

“가자.”

이성민은 위지호연에게 손을 뻗었다. 주저앉아 있던 위지호연은 멍하니 이성민을 올려 보았다.

“……그래.”

위지호연이 손을 뻗어 이성민의 손을 잡았다. 이성민은 위지호연의 몸을 부축했다. 비틀거리며 일어서던 위지호연은 다리에 힘이 풀려 주저앉으려 했다. 이성민이 빠르게 손을 뻗어 위지호연의 허리를 감쌌다.

“……아하하!”

위지호연이 웃음을 터뜨렸다. 휘청거리던 그녀를 고쳐 세우던 이성민은 대뜸 웃음을 터뜨리는 위지호연을 힐긋 보았다.

어깨를 들썩거리며 웃던 위지호연이 머리를 가로저었다.

"세상일이라는 것은 정말 생각처럼 되지 않는구나."

위지호연은 그렇게 말하며 다리에 힘을 주려 했다. 하지만 다리는 사시나무처럼 떨리기만 할 뿐 위지호연의 몸을 제대로 지탱하지 못했다.

"10년 전에 너와 오늘의 만남을 약속할 때…… 이런 모습으로 너를 만나게 될 것이라고는 상상도 해본 적이 없었다. 이렇게…… 부끄러운 모습으로 만나게 될 것이라고는 말이야."

"부끄럽다고 생각 안 해."

이성민이 대답했다.

위지호연은 스스로 서려 했으나 도통 다리에 힘이 들어가지 않아 결국 서는 것을 포기했다. 그녀는 짧은 한숨을 내쉰 뒤에 이성민의 얼굴을 보았다.

"그래? 그렇다면 다행이고. 그렇다면 조금 더…… 부끄러운 부탁을 해보도록 할까. 나 스스로 서는 것이 힘드니 업어줘."

이성민은 대답하지 않았다. 대신에 창을 아공간 포켓으로 집어넣었고 텅 빈 등에 위지호연을 업었다.

등에 업힌 위지호연은 너무 가벼웠다. 그것에 이성민은 조금 가슴이 쓰린 것을 느꼈다.

주저앉은 유호정은 몸을 일으키지 않았다. 그는 핏발 선 눈으로 위지호연을 업은 이성민을 볼 뿐이었다.

유호정은 아랫입술을 뿌득 씹었다.

[……루베스를 떠나게.]

이성민의 머릿속으로 유호정의 전음이 들려왔다.

[나는 이미 무림맹에게 소천마가 약해져 있다고 전서구를 날려놓았네. 이곳에서 크론까지는 그리 멀지 않아……. 아마 무림맹도 그 사실을 알고 어쩌면 이미 척살대를 조직하고 있을지도 모르지.]

[왜 나에게 그걸 알려주는 겁니까?]

[자네가 나를 죽이지 않았으니까.]

그렇게 답하는 유호정의 얼굴은 처참한 빛으로 물들어 있었다.

[이것뿐일세. 무림맹의 척살대가 온다면…… 나도 그들과 함께 행동하게 되겠지. 나를 제압한 이상 자네의 위험도는 더욱 오르게 돼. 자네가 소천마를 포기하지 않는다면 모를까, 자네는 앞으로 끔찍한 나날을 보내게 될 걸세. 나 역시 자네의 끔찍함을 거들 것이고.]

[익숙한 일입니다.]

이성민은 그렇게 대답했다. 하지만 유호정의 조언에는 감사했다. 이성민은 우선 성문을 나서기 위해 걸음을 돌렸다.

[잠깐…….]

허주가 뭐라고 말을 하려는 순간이었다. 이성민의 걸음이 멈추었다. 허주는 말을 끝까지 하지 않았으나 이성민은 계속해서 생각했다.

　이윽고 그는 완전히 몸을 돌려 성문을 등졌다. 주저앉은 유호정의 눈이 동그랗게 떠졌다.

　"……떠나지 않는 건가?"

　"이쪽이 더 안전할 것 같으니까요."

　도시를 떠나라는 유호정의 조언도 옳은 말이기는 하다. 하지만 아직 이 도시에는 광천마와 루비아가 있다. 광천마가 없는 이상 남쪽으로 방향을 잡아 내려간다고 해도 요력을 다루는 부족을 만날 수는 없다.

　단지 그것 때문에 루베스에 남으려는 것이 아니다.

　"루베스에는 사마련도 있잖습니까."

　유호정의 얼굴이 뻣뻣하게 굳었다. 정파에 무림맹과 구파일방, 명문세가가 있다면, 사파에는 사마련과 사마육문(邪魔六門), 마도삼가(魔道三家)가 있다.

　루베스는 금색 마탑과 적색 마탑, 무림맹, 사마련 등 서로 다른 세력들이 얽혀 있는 도시다. 그렇기에 이 도시는 크고 발전하였으며 치안이 안정되어 있었다. 얽힌 세력들이 서로를 암중에 견제하면서 오히려 정적이 만들어진 탓이다.

　사마련은 사파의 단체인 만큼 무림맹과 적대하고 있다. 사파라고 하여 모두가 마두인 것은 아니고, 이 세상에서 살아가기 위해서는 정도라는 것을 알아두어야 하기에 사마련이라고 해서 모두가 사악한 것도 아니다. 오히려 사마련 쪽에서도 마두를 척결하는 일도 있다.

소천마 위지호연이라면 유명인이다. 사마련이 무림맹과 충돌하고 싶지 않아 할지라도 위지호연 정도의 유명인이라면 무림맹으로부터 보호해 줄지도 모른다.

모험과도 같은 생각이었지만 멀쩡하지 않은 위지호연을 데리고서 도시 밖으로 나가 무림맹의 추격을 받는 것보다는 이쪽이 나아 보였다.

[바보는 아니군.]

허주가 투덜거렸다. 허주도 성문 밖으로 나서려던 이성민을 붙잡고 도시 안에 남으라고 말하려 했었다.

'바보인 줄 알았나 보지?'

이성민은 그렇게 이죽거려 주고선 유호정을 지나쳤다. 모여든 구경꾼들은 이성민이 위지호연을 업고서 다가오자 주춤거리며 물러섰다.

이성민의 어깨 위에 양팔을 힘없이 늘어뜨리고 있던 위지호연이 쿡쿡거리며 웃는 소리를 냈다.

"새삼…… 아니, 처음으로 알았어."

"뭘?"

"네 등, 넓고…… 좋구나. 이렇게 남의 등에 업히는 것은 처음이야. 어쩌면 내가 기억하지 못하는 아주 어린 시절에 업혔을지도 모르지만…… 내가 기억하는 한은 이번이 처음인 거야."

위지호연이 머리를 앞으로 내밀었다. 그녀는 이성민의 어깨에 턱을 기대었다. 그러고는 살짝 머리를 기울여 이성민의 목덜미와 머리에 머리를 뉘었다.

"……좋은 기분이야. 안정된다고 할까…… 후후! 이상한 일이지. 생각해 보면 말이야. 너는 나한테 여러 가지로 처음을 주는 것이 많았어. 친구인 것도, 무공을 가르친 것도, 약속을 한 것도, 지켜진 것도 ……이렇게 업힌 것도."

위지호연의 목소리는 작았다. 내뱉는 숨결은 얕고 따뜻했다. 귀에 닿는 숨결이 고막을 간질이는 것 같았다. 가슴이 크게 뛰었고, 그 소리가 위지호연에게 들리는 것이 아닐까 하는 작은 걱정이 들었다.

"만나서…… 좋아."

힘없이 늘어뜨린 팔이 조금씩 위로 올라간다. 위지호연의 양팔이 이성민의 목을 안았다.

"늦어서 미안하다. 설마 약속을 어기게 될 줄이야…… 후후! 걸음이 내 생각보다 너무 느렸거든. 그래도…… 변명처럼 들릴지도 모르겠지만 말이야. 너무 탓하지는 말아줘. 이곳까지 오는 길이 많이 힘들었거든……."

"무슨 일이 있었던 거야? 네가 왜…… 이렇게 약해진 거지?"

"다음에……."

위지호연이 힘없는 목소리로 답했다.

"……나중에."

그 말을 끝으로 위지호연은 더 이상 말하지 않았다. 이성민은 기겁하여 머리를 돌려 위지호연을 보았다. 그녀의 얼굴은 이성민의 바로 코앞에 있었다.

미약하게 내뱉는 호흡을 통해 이성민은 안심하였다. 위지호연은 단순히 잠이 든 것뿐이었다.

이성민은 힘이 빠져 비틀거리던 다리에 힘을 주면서 한숨을 내쉬었다.

"놀라게 하기는……!"

새근거리며 잠든 위지호연의 얼굴을 잠깐 동안 보다가 걸음을 재촉한다.

구경꾼들은 따라오지 않았다. 멀리서 유호정이 몸을 일으키는 것이 보였다.

사마련은 어디에 있지? 생각하고 탐색하는 것보다는 이쪽이 더 빠르다.

'네블.'

[네.]

마음속으로 부른 것만으로 네블의 목소리가 들려온다.

이럴 때마다 이성민은 중개 길드인 에레브리사에 대해 의문을 품었다. 중개 길드로서의 편리함도 편리함이었지만 정보 같은 애매한 것은 완벽하게 다루지 못한다. 그러면서도 소속된 중개인들의 능력은 불가사의하기 짝이 없었다.

'광천마와 루비아의 위치, 그리고 루베스의 지리 정보를.'

사마련의 위치를 묻는 것보다 이성민은 이 도시 전체의 지리 정보를 원했다. 얼마 이동하지 않아 네블이 이성민의 그림자에서 모습을 드러냈다. 그는 정보를 전할 때 사용하는 수정구를 이성민에게 건네주었다.

지도를 요구하지 않고 지리 정보를 요구한 것은 그것을 확실하게 머리에 새겨 넣기 위해서였다.

사마련은 중앙 지구에 위치해 있었다. 무림맹의 지부와는 제법 거리가 멀었고 근처에는 용병 길드가 있다.

루비아와 광천마는 외곽 순환 기차를 타고서 중앙 지구의 외곽지를 돌고 있는 중이었다.

'둘에게 사마련으로 와달라고 말을 전해주십시오.'

[알겠습니다.]

네블에게 그를 부탁한 뒤에 이성민은 다시 이동을 시작했다.

기차는 탈 수 없었다. 경비병들의 말을 무시하고 있는 대로 경공을 펼친 탓이다. 그렇다고 이제 와서 얌전히 굴 수는 없었다.

이성민은 이곳까지 왔을 때처럼 철로 위를 달리기 시작했다. 또다시 호각 소리와 경비병들의 외침이 들렸지만 그렇다고 해서 멈추지는 않았다.

우선 사마련으로 가서 그들의 입장을 들어보는 것이 중요하다고 생각했기 때문이다.

[이 계집…… 저주를 품고 있군.]

철로 위를 달리는 중에 허주의 중얼거림을 들었다. 그 말에 이성민의 몸이 움찔 떨렸다.

'저주?'

[그래, 아주 기묘한 형태의 저주야. 마법은 아니고…… 남쪽 주술사들이 사용하는 저주와 닮아 있는데. 아주 질이 나빠.]

허주가 짧게 혀를 찼다.

[기혈을 뒤틀고 내력이 모이는 것을 방해하고 있군. 그것뿐만이 아니야…… 근본부터 육체를 흔들고 있다. 아무리 뛰어난 고수라고 해도 이런 저주를 몸에 담은 이상 제대로 움직일 수 있을 리가 없지. 내공도 제대로 모이지 않고 뒤틀린 기혈은 계속해서 통증을 유발한다. 거기에 육체를 흔들고 있으니 육체적인 힘도 제대로 쓸 수가 없을 거야.]

주저앉아 있던 위지호연의 모습을 떠올린다. 힘없이 늘어뜨린 팔다리와 꺼져 가는 목소리.

이성민은 아랫입술을 잘근 씹었다.

'저주를 풀려면 어떻게 해야 하지?'

[주술은 마법과 다르다. 마법은 보다 뛰어난 마법으로 제압할 수 있지만 주술은 경우가 달라. 특히 이런 계통의 저주라면 저주를 건 술사를 죽이지 않는 이상 해주는 불가능하다.]

지금으로써는 저주를 건 술사가 누구인지 알 수가 없었다. 우선 위지호연이 정신을 차리는 것을 기다린 뒤에 그녀에게서 직접 듣는 수밖에 없다.

[그나마 다행인 것은 저주 자체가 이 계집을 죽일 수는 없다는 거야. 단순히 힘을 빼앗고 고통을 주는 것이 목적인가…….질이 나쁜 저주로군.]

그 위지호연이 저주를 받았다. 그토록 강하던 위지호연이.

이성민은 이곳까지 도달하면서 다양한 사람을 만났고, 전생에서라면 절대로 인연이 없었을 강자들을 만났다.

제니엘라나 주원 같은 수백 년 묵은 괴물을 제외하고서 이성민이 만나본 '인간' 중에서는 위지호연이 제일이었다.

그런데 그 위지호연이 저주를 받아 약해졌다고?

잠시 경공을 멈춘 이성민은 난간을 뛰어넘고서 다시 달리기 시작했다.

머지않아 그는 머릿속에 기억된 장소에 도착했다. 사마련의 건물은 동양풍의 거대한 저택이었다.

저택의 입구 앞에는 사납게 생긴 두 명의 거한이 경비로 서 있었다. 이성민은 등 뒤에 업혀 잠든 위지호연의 새근거리는 숨소리를 들으며 그들을 향해 다가갔다.

"귀창?"

경비가 입을 열었다. 그 말에 이성민의 눈썹이 움찔 떨렸다.

"업힌 쪽이 소천마요?"

이성민의 얼굴을 들여다보던 경비가 잠든 위지호연을 힐긋 보며 중얼거렸다. 그러고서는 이성민의 말을 듣지 않고 몸을 돌렸다.

"들어가쇼. 지부장님이 기다리고 계시니까."

두 명의 경비가 직접 문을 열어주었다. 이성민은 설마 그들이 먼저 알아보고 문을 열 것이라고는 생각하지 못했다.

[어쩌면 함정일지도 모른다.]

"함정은 아닙니다."

허주가 경고했고, 마치 그것을 읽었다는 듯이 경비가 먼저 말했다.

이성민은 잠깐 망설이다가 문 안으로 들어갔다. 문 안에는 단아하게 차려입은 중년의 여인이 서 있었다. 그녀는 이성민을 향해 꾸벅 머리를 숙이며 말했다.

"이 저택의 총관을 맡고 있는 보혜라고 합니다. 이쪽으로 오시지요."

보혜가 숙인 머리를 들었다. 무공을 익힌 것은 확실했으나 이성민이 대단하다고 느낄 수준은 아니었다.

이성민은 앞서 걷는 보혜를 따라 저택과 이어지는 정원을 가로질렀다.

"지부장님은 뒤뜰 정원에 계십니다. 이렇게 날이 좋은 날이면 바깥에 곧잘 나와 계시지요."

보혜가 웃는 목소리로 말했다. 저택의 뒤에는 제법 커다란 인공 연못이 있었고, 연못의 위에는 다리와 이어져 있는 팔각정이 있었다.

"지부장님은 저곳에 계십니다."

보혜가 걸음을 멈추었다. 이성민은 천천히 연못으로 다가갔다. 팔각정의 안에 앉아 있는 남자가 보였다. 그는 다리 앞에서 멈춰 선 이성민을 보며 빙그레 웃었다.

"이쪽으로 오시오."

중년의 남자는 보혜와 비슷한 나이로 보였다. 초절정의 경지에는 들지 못하였으나 절정고수로서는 완숙한 모습이었다.

이성민은 천천히 다리를 가로질렀다.

"내가 이곳에 올 것을 알고 있었습니까?"

"정파에 개방이 있다면 사파에는 하오문이 있소이다. 귀창이 철갑신창에게서 소천마를 구해내고 도시를 떠나지 않고 되레 도시 깊은 곳으로 들어왔다는 소문은 방금 전해 들었소."

"그게 내가 이곳에 올 것을 알고 있었다는 질문에 대한 답입니까?"

"그렇게 하지 않을까 하고 예상했을 뿐이외다. 철갑신창을 제압하고 소천마를 구한 것은 무림맹과 척을 지겠다는 뜻. 그럼에도 도시를 떠나지 않았다는 것은…… 사마련의 도움을 청하려는 것이 아닐까. 대단한 예상도 아니지만."

남자는 그렇게 말하면서 낮게 웃었다.

"소개가 늦어 미안하오. 내 이름은 관후고, 사마련 루베스 지부의 지부장을 맡고 있소."

관후가 몸을 일으켜 포권을 취했다.

관후라는 이름은 기억에 없다. 아무래도 그렇게 명성을 떨친 인물은 아닌 모양이었다.

이성민은 포권을 취하고 있는 관후를 경계 어린 눈으로 살피면서 가까이 다가갔다.

관후는 숙였던 머리를 들어 이성민에게 자리를 권했다.

"한 가지 묻고 싶은 것이 있소이다."

"뭡니까?"

"귀창, 당신은 왜 소천마를 보호한 것이오?"

"꼭 대답해야 합니까?"

"여러 가지 의문이 많아서 말이오. 귀창, 당신은 이 세계에서 제법 명성을 떨치고 있는 인물 아니오? 화산파 장문인을 살

해한 검귀를 죽이고서 당신은 귀창이라는 별호를 얻었소. 그
뿐이오? 불과 반년 전, 당신은 북쪽 트라비아에서 혈천마 백무
선을 제압하였소. 그 뒤에는 흡혈귀가 된 백무선을 죽이기도
했지."

그것까지 소문이 났었던가.

이성민은 살짝 혀를 찼다. 트라비아 성문 밖에서 백무선과
격돌하였고 그를 쓰러뜨린 것은 사실이다. 싸움이 요란하였으
니 목격한 사람은 분명 있을 것이다.

트라비아에 처음 갔을 때만 하여도 이성민은 마차를 얻어
탔었고 내심 그 마부가 하오문의 문도일 것이라 생각하기도 했
었다.

"광천마 벽원패가 왜 당신과 함께 행동하고 있는 것인지는
모르나 당신의 지난 행적을 보면 정파의 협의지사에 가깝소.
검귀와 혈천마, 모두 마인이었으니까. 아마 무림맹에 간다면
그 공로를 인정받아 좋은 대우를 받을 수도 있었을 것이오."

"무슨 말을 하고 싶은 겁니까?"

"이해가 되지 않아서 묻는 것이오. 그런 행적을 보였으면서
왜 당신이 철갑신창과 대적하면서까지 소천마를 보호한 것일
까. 그대와 소천마는 도대체 무슨 사이인 것이오?"

"친구."

이성민이 위지호연을 조심스레 내려놓으며 대답했다.

그 말에 관후가 눈을 동그랗게 떴다. 잠깐 동안 이성민과 위지호연을 번갈아 보던 관후가 웃음을 터뜨렸다.

"그랬군. 친구…… 라. 소천마를 추종하는 이는 많지만 그중 소천마의 친구를 자청하는 이는 한 번도 들어보지 못했는데."

"10년 전에 제나비스에서 만났습니다. 우연히 알게 되어…… 친구가 되었지요."

"그래서 철갑신창을 가로막았다?"

"애초에 위지호연과는 이 도시에서 오늘 만나기로 약속을 했었습니다. 철갑신창과 이런 일이 벌어질 것이라고는 생각도 하지 못하고 있었고."

"앞으로 어쩔 것이오?"

관후가 빙그레 웃으며 물었다.

"이유가 어찌 되었든 당신이 철갑신창을 제압하여 소천마를 빼내갔다는 것은 틀림없는 사실. 보던 이도 많았으니 소문은 빠르게 퍼질 것이오. 크론에서 무림맹의 척살대가 출발했다고 하니 빠르면 오늘이나 늦어도 내일쯤이면 이곳에 도착할 것이오."

"그래서 이곳에 온 겁니다."

"당신은 사마련에 무엇을 바라고 있소이까?"

"세력의 추적을 받는 것은 귀찮은 일. 그것도 무림맹 정도로 잘 짜인 집단이라면 더더욱. 그들이 뛰어난 개인이라면 어떻게

든 내가 상대할 수 있겠으나 무림맹은 숫자가 너무 많습니다."

"사마련의 보호를 원하시는구려. 그게 무슨 의미인지는 아시오?"

"떠보지 말고 확실하게 말하십시오."

"하하…… 너무 노해하지 마시오. 사마련의 보호를 받겠다는 것은 사마련에 의탁하겠다는 뜻 아니겠소. 세력 없이 떠돌던 그 소천마 위지호연이 사마련의 동지가 되겠다는 것이냐 물었소이다."

"그것에 대해 묻고 싶거든 내가 아닌 위지호연에게 물으십시오."

"그렇다면 당신은?"

관후의 눈이 가늘어졌다.

"당신은 대단한 고수요. 철갑신창 유호정이라면 창을 쓰는 무인 중에서도 손에 꼽히는 실력자인데…… 그를 별 어려움 없이 제압하지 않았소."

"철갑신창은 전력을 내지 않았습니다. 서로가 서로를 죽이려 했다면 어떻게 되었을지 모르는 일."

"모두가 그런 사정을 이해해 주는 것은 아닐 것이오. 소천마는 현재 잠들어 있어서 대답을 듣지 못하고 있으나 당신은 아니잖소. 무림맹을 막을 방패막이로 사마련을 쓰고 싶다면 사마련이 그렇게 해줄 만한 무언가를 줘야 하지 않겠소?"

"그렇다면 그만두지요."

이성민은 그렇게 말하며 잠든 위지호연의 어깨를 잡았다. 보호를 요청할 만한 곳은 사마련만 있는 것이 아니다.

어찌 나올지 모르는 사마련만 믿고서 루베스에 남은 것도 아니다. 이성민은 금색 마탑주인 로이드와 인연을 가지고 있었다. 로이드가 호의만으로 보호해 줄 것이라는 확신은 없었지만 만약 그럴 경우에는 로이드에게 '부탁'하면 된다.

"농담이오."

위지호연을 부축하여 몸을 일으키는 이성민을 보며 관후가 낮은 소리를 내며 웃었다.

"금색 마탑으로 가려는 것이오? 진즉에 그곳에 가지 않는 것을 보면 금색 마탑주에게 폐를 끼치고 싶지 않아서였던 것 같은데."

"뭐가 농담이라는 겁니까?"

이성민은 관후의 말에 대답하지 않고서 다른 것을 물었다. 그 말에 관후가 어깨를 으쓱거렸다.

"당신들이 이곳에 있는 한, 나는 사마련의 이름으로 보호해 주겠소. 굳이 당신들이 사마련에 들지 않는다고 해도 말이오."

"정말입니까?"

"물론이오."

"지부장인 당신이 그런 권한을 가지고 있습니까?"

"이것은 내 뜻이 아니라 련주님의 뜻이오."

관후가 대답했다.

"가능하다면 사마련에 들게 만들고, 아니더라도 보호하라 명령하셨소."

"……왜 그런?"

"그만큼 소천마의 명성은 높고 귀창 당신도 만만찮으니까. 나이를 떠나서 이 세상에서, '인간' 중에 당신만큼 뛰어난 이들이 얼마나 되겠소?"

관후는 그렇게 말하며 몸을 일으켰다.

"곧 있으면 시종들이 식사를 가지고 올 것이오. 우선 식사라도 하면서…… 또 필요하다면 의원도 불러드리지."

"……그렇게 해주십시오."

"그리고 이것은 내 오지랖인데, 회색으로 세상을 사는 것은 쉬운 일이 아니오."

관후가 앉은 이성민을 내려 보았다.

"당신은 무림 출신이 아닌 것 같은데. 맞소?"

"노 클래스입니다."

"노 클래스로 그 나이에 초절정이라……! 대단한 일이오. 그 정도로 뛰어난 실력이라면 세상 어디에서도 무시당하지는 않겠지. 정도에 따라 다르기는 하겠지만 마음 내키는 대로 살 수도 있을 것이오. 하지만 그렇다고 해서 자유로운 것은 아니지.

회색인 이상 흑과 백 어느 쪽에도 속할 수 있겠지만 그만큼 배척도 받게 될 것이오."

"당신이 신경 쓸 문제가 아닙니다."

"하하…… 완고하시군. 아니면 단순히 선택을 두려워하고 있을 뿐인가?"

관후는 그 말을 남기면서 팔각정을 내려갔다.

선택을 두려워하고 있는 것이냐고?

이성민은 잠든 위지호연의 얼굴을 물끄러미 내려 보았다.

선택할 필요를 느끼지 못했을 뿐이다. 정파나 사파나 이성민이 보기에는 그냥 똑같이 무공을 쓰는 무인들이었기 때문이다.

정파 중에서도 사파 같은 놈은 있는 법이고 사파 중에서도 정파 같은 놈은 있는 법이다.

[굳이 정파와 사파만 말하는 것은 아니지.]

허주가 웃음 섞인 목소리로 중얼거렸다.

[너는 회색이야. 회게 될지 검게 될지 모르는 회색.]

"무슨 말인지 알아."

이성민은 위지호연을 내려 보면서 말했다. 허주에게 이미 들었다. 백무선과의 싸움에서 죽을 뻔했을 때, 엘릭서를 마시지 않아도 이미 몸 안에서 재생이 시작되고 있었다는 것을.

무공을 익혀 아무리 육체가 뛰어나다고 해도 재생력이라는 것은 쉽게 얻을 수 있는 것이 아니다. 검은 심장을 몸에 박아 얻은 능력일지도 모르지만 이성민의 재생력은 이미 인간을 뛰어넘었다. 단순히 몸만을 본다면 인외라고 할 수도 있는 것이다.

관후가 말한 대로였다. 그리 오랜 시간이 지나지 않아 시종들이 음식을 가지고 왔다.

팔각정의 중앙에 있는 식탁에 호화로운 음식들이 놓였다. 하지만 이성민은 올라온 음식에는 시선 하나 주지 않았다. 그는 아무런 말도 하지 않고 잠든 위지호연을 내려 보았다.

"……으응……."

위지호연이 작은 신음을 냈다.

[고통스러울 테지.]

허주가 중얼거렸다. 위지호연에게 새겨진 저주는 악독하고 질이 나쁘다. 위지호연의 호흡이 거칠어지면서 눈썹이 찡그려진다. 이마에는 식은땀이 흐르기 시작했다.

이성민은 한숨을 쉬면서 손을 뻗었다. 이마를 타고 흐르는 식은땀을 손끝으로 닦기 시작했을 때.

"……손수건은 없는 거냐?"

위지호연이 눈을 떴다. 그녀는 색이 흐릿한 눈으로 이성민을 응시했다. 이성민은 움찔 몸을 떨며 식은땀을 닦던 손을 거두었다.

"……없어."

"멍청한 놈. 손수건 정도는 들고 다니란 말이야……."

"넌 있냐?"

"있어, 품 안에. 꺼내줄래?"

위지호연이 짓궂은 미소를 지으며 말했다. 창백한 얼굴과 떨리는 목소리로 한 농담은 장난처럼 느껴지지 않았다.

이성민은 묵묵히 머리를 끄덕거리며 손을 뻗었다. 그러자 위지호연이 깔깔거리며 웃었다.

"농담이야. 너…… 내 품 안에 손을 집어넣으려고 한 거냐? 저질 같으니."

"네가 그렇게 해달라 했잖아."

"그러니까 농담이라고 했잖아."

위지호연은 천천히 상체를 일으켰다.

좋지 않다.

위지호연은 아랫입술을 살짝 씹었다.

루베스로 올 때까지만 해도 저주가 이렇게까지 강하지는 않았다. 아무래도 철갑신창과 싸우면서 저주가 더 심해진 모양이었다.

위지호연은 심호흡을 하고서 몸 안에서 꿈틀거리는 통증을 억눌렀다. 그리고 손수건을 꺼내 흐르는 땀을 닦았다.

"……더워……."

위지호연은 작은 목소리로 중얼거리며 눈썹을 찡그렸다.

"그리고 추워. 지랄 맞은 기분이야."

"……엘릭서로는 안 되나?"

"안 돼. 여기까지 오면서 물처럼 마셔보았지만 아무 효과도 없더군. 통증이라도 어찌해 보려고 진통제도 써봤지만…… 이 통증은 억누를 수가 없어. 저주니까."

"대체 누가 저주를 건 거냐?"

이성민은 위지호연에게서 손수건을 빼앗았다. 그러고는 직접 위지호연의 얼굴을 닦아주었다. 가쁜 숨을 몰아쉬던 위지호연은 이성민의 손길을 느끼며 눈을 감았다.

"……알면 어쩌게?"

"뭐라도 하겠지."

"네가……? 후후. 그건 불가능해. 너는 10년 전과…… 그리고 1년 전과 비교해서 정말, 엄청나게 강해졌어. 하지만 그런 너라고 해도 그 녀석한테는 안 돼."

"해보지도 않고?"

"너는 나보다 강해?"

위지호연이 질문했다. 이성민은 대답하지 못했다.

"나한테 저주를 건 놈은…… 천외천의 육존자. 그중 권존이라는 놈이다."

위지호연이 마른기침을 토했다.

이성민은 놀라서 위지호연에게 손을 뻗었다. 하지만 위지호연은 손을 들어 이성민의 손을 가로막았다.

"자기 말로는…… 육존자의 말석이라더군. 나는 권존과 사흘 밤낮을 싸웠고 끝내 놈을 죽이지 못했어. 놈은 싸움을 그만두고 떠나가면서…… 나에게 저주를 남겼지. 언젠가 다시 찾아오겠다는 말과 함께."

"……천외천…… 권존……."

트라비아에서 광천마에게 천외천에 대해 이미 들은 적이 있었다.

10년 전, 광천마는 천외천의 검존에게 패배를 겪었다고 했었다. 그리고 지금은 위지호연을 통해 천외천과 육존자, 그리고 권존에 대한 이름을 들었다.

"이 저주는 권존을 죽이지 않는 한 사라지지 않아……. 너는 권존을 죽일 수 있다는 거냐? 나조차도 사흘 밤낮을 싸워 죽이지 못한 그 권존을?"

"어떻게든 해야 할 것 아냐……!"

"네가 내 친구니까?"

위지호연이 웃으며 물었다. 이성민은 머뭇거리다가 머리를 끄덕거렸다. 그 대답에 위지호연이 웃는 소리를 냈다. 그녀는 머리를 가로저으며 말했다.

"그렇다면 고맙지만…… 괜찮아. 내 문제니까 내가 해결할 거다."

"그 몸으로?"

"후후…… 설마 너한테 이런 걱정을 듣게 될 줄이야. 이런 이
야기는 그만하자. 10년 전에 한 약속이었고…… 1년 만에 만났
잖아. 그때의 던전에서는 서로 제대로 이야기를 나누지 못했
었어."

위지호연은 그렇게 말하면서 미소를 지었다.

"오늘은 정말, 내가 많은 기대를 했던 날이야. 그러니까……
다시 만나게 되었을 때 하고자 했던 이야기들을 하자. 그리고
난 배가 고파. 안타깝게도 손을 제대로 쓸 수가 없지만 말이
다."

위지호연이 웃는 소리를 냈다. 10년 전에 들었던 것에 비해
낮은 웃음이었다.

"먹여줄래?"

"……뭐 먹고 싶냐?"

이성민은 한숨을 푹 내쉬면서 되물었다. 이성민이 손을 뻗
어 젓가락을 잡자 위지호연은 기다렸다는 듯이 답했다.

"고기."

"고기?"

"응."

위지호연이 입을 벌렸다.

"여기 넣어줘."

"못 말리겠군."

이성민은 투덜거리면서 가까운 고기반찬을 잡았다.

밥을 먹는다. 밥을 먹인다.

위지호연의 얼굴은 여전히 수척했으나 그녀는 손을 들어 자신이 먹고 싶은 음식을 하나하나 가리켰다. 그럴 때마다 이성민은 젓가락을 뻗어 음식을 잡았고 흘리지 않도록 조심하여 위지호연의 입안으로 넣어주었다.

사실을 말하자면 굳이 이럴 것은 없었다. 이성민은 격공섭물을 자유롭게 펼칠 수 있는 고수였기 때문이다.

하지만 펼치지 않았다. 아예 그런 생각조차 하지 않았다.

시간이…… 굉장히 느리게 흐른다고 생각했다.

아니, 빨리 흐르는 것인가.

알 수 없었다. 그런 감각 자체가 고장 나버린 것만 같았다. 가슴은 계속 뛰었고 손끝은 떨렸다. 그 떨림을 잡아 젓가락을 놀리고, 가끔씩 위지호연과 눈이 마주쳤다.

"뭘 그리 힐긋거리는 거냐?"

위지호연이 킬킬 웃으며 말했다. 이성민은 괜히 민망해져서 헛기침을 했다.

친구, 동경, 목적.

위지호연이라는 이름에서 연상되는 단어들이 머릿속을 팽팽 돈다.

"주는 대로 받아먹는 네 꼴이 우스워서."

"그런가? 나는 편하고 좋은데."

위지호연은 그렇게 말하면서 혀를 내밀어 입술을 핥았다.

"이제 되었다. 너무 많이 먹었어. 제대로 움직이지도 못하는데 돼지처럼 처먹다가 살이 찌고 싶지는 않다."

업었을 때의 가볍던 무게를 떠올렸다.

여기서 살이 쪄봤자 크게 다를 것도 없을 것 같은데.

이성민도 적당히 배가 찬 것은 똑같아서 젓가락을 내려놓았다.

"술. 마실 테냐?"

"너는?"

"마시고 싶은데."

위지호연이 눈웃음을 지었다. 하지만 이성민은 그 답을 즉시 머리를 세차게 가로저었다.

"안 돼. 가뜩이나 몸도 안 좋은데."

"내가 겪고 있는 것은 병이 아니라 저주야. 술을 마신다고 해서 더 나빠지지는 않는다고."

"그래도……."

"술 정도는 마시게 해줘."

위지호연은 그렇게 말하며 손을 뻗었다. 가늘게 떨리는 손이 식탁 위의 술병을 잡았다.

"10년 전부터 기대했던 오늘을 망쳤다. 너에게 이런, 부끄러운 모습을 보여 버렸다. ……나도…… 우울하거든."

망치로 머리를 한 대 얻어맞은 것만 같았다. 이성민은 자신이 위지호연의 마음을 조금도 생각하지 않고 있었음을 뒤늦게 깨달았다.

이성민이 기억하는 위지호연은 자존심이 강했다. 그런 위지호연이 이렇게나 약해진 모습을 보였고 이성민의 도움을 받아 목숨을 건졌다. 내색하지는 않아도 그 사실은 위지호연의 자존심에 크게 상처를 입혔을 것이다.

이성민은 머뭇거리며 입술을 열었다. '미안하다'고 말을 하려다가 이성민은 결국 그 말을 뱉지 않고 입을 다물었다. 그런 말을 하는 것이 오히려 위지호연을 상처 입힐지도 모른다 생각했기 때문이다.

"바보 녀석."

이성민이 술병을 격공섭물로 끌어오자 위지호연은 키득키득 웃었다. 위지호연은 어느새 술잔을 잡고 있었다. 이성민은 위지호연의 잔에 천천히 술을 따라 주었다.

"너와 술을 마시는 것은 처음이구나."

위지호연이 멍한 목소리로 말했다.

"아니…… 내가 다른 누군가와 단둘이 술을 마시는 것이 처음이야. 그래, 나는 여러 가지의 처음을 너로 삼았어……."

그렇게 중얼거리는 말을 듣는다. 힘없는 목소리와 빛이 엷은 눈은 위지호연이 얼마나 약해져 있는지 과시하고 있는 것만 같았다.

솔직히 이성민은 위지호연이 저렇게까지 약해진 것이 잘 이해가 되지 않았다. 아무리 저주가 강력하다고는 해도 초절정을 넘어 초월지경에 도달해 있을 위지호연을 저렇게까지 약해지게 할 수 있다는 것일까.

[너는 저주에 대해 무지하군.]

허주가 중얼거렸다.

[조건만 충족된다면 주술과 저주는 마법 이상의 위력을 발휘한다. 아마 저 정도로 강력한 주술이라면 조건도 만만치 않았겠지. 아마 저주를 건 술사 놈도 개고생을 하고 있을 거다.]

그런 말은 이성민에게 위안이 되어주지 못했다.

저주를 풀 방법은 없는 건가?

그렇게 물으니 허주가 짜증을 냈다.

[망할 새끼야, 내가 말했잖아. 저주를 풀기 위해서는 술자를 죽여야 한다고. 아니면 술자가 저주를 풀든가. 나는 주술사도 아닌데 왜 나한테 묻고 지랄이냐?]

'네가 아는 척을 했으니까.'

[아는 척이 아니라 알아서 말해준 거다, 쌍놈 새끼야.]

이성민은 허주의 욕설을 무시하고서 위지호연과 술잔을 나누었다. 위지호연은 당장에라도 눈을 감고 잠들 것 같은 모습이었지만 꿋꿋하게 정신을 유지하고서 이야기를 계속했다.

그간의 이야기였다. 위지호연이 10년 동안 어떻게 지내왔는지, 어디서 무엇을 하였고 무엇을 보았는지.

이성민은 묵묵히 위지호연의 이야기를 들었다. 그녀는 방향을 가리지 않고 많은 곳을 다녔으며 그만큼 많은 것을 보고 겪었다.

깊은 숲 속에서 요정을 만난 적도 있다고 했고, 던전이 아닌 고대의 유적과 은거한 고수, 유랑 중인 마법사 등…… 위지호연은 계속해서 그녀가 겪은 10년에 대해 이야기해 주었다.

"모두 스쳐 지나갔어."

위지호연의 두 눈이 이성민에게 향했다.

"이상한 일이지. 꽤 재미있는 녀석도 많았는데, 깊게 이어지지 못했어. 왜일까? 이상하게도…… '그러고 싶다'라는 마음이 들지 않더군."

그것은 기묘한 일이었다.

어린 시절의 만남, 추억. 그것이 아무리 진하다고 하여도 10년은 긴 세월이다. 그 10년 동안 위지호연은 많은 사람을 만났으나 그들 중 누구와도 교감하지 않았다. 위지호연에게 있어서 교감의 상대는 10년 전 어린 시절에 만나 친구가 된 이성민뿐이었다.

"너 하나로 충분하다고 생각했기 때문일까?"

위지호연은 그렇게 말하면서 갈라진 목소리로 웃었다. 이야기를 계속할수록 위지호연의 목소리는 작아졌다. 그녀가 마시고 싶다고 한 술잔은 한잔을 간신히 비웠을 뿐.

이성민은 보다못해 손을 뻗어 위지호연의 어깨를 잡았다.

"잠이라도 더 자."

"괜찮다."

"보는 내가 안 괜찮아."

"날 걱정해 주는 거냐?"

위지호연이 그렇게 물었다. 자존심에 상처를 받아서 내뱉은 말이 아니었다. 이성민을 바라보는 위지호연의 눈은 진심으로 그것을 궁금해하고 있는 것처럼 보였다.

이성민은 천천히 머리를 끄덕거렸다. 그러자 위지호연이 깔깔거리며 웃었다.

"걱정을 끼칠 수는 없지."

위지호연은 그렇게 중얼거리며 무릎걸음으로 이성민에게 다가왔다. 그러고는 허락도 구하지 않고 이성민의 허벅지 위에 머리를 뉘었다.

"……자고 일어나도 너는 내 곁에 있을 테니까."

그 말을 내뱉고서 위지호연은 눈을 감았다. 그리고 얼마 지나지 않아 고른 숨소리를 내며 잠들었다.

이성민은 위지호연의 얼굴을 내려 보면서 복잡한 감정을 느꼈다. 광천마에게서 천외천과 육존자에 대해 듣기는 했지만, 설마 그들과 이런 식으로 얽히게 될 것이라고는 생각해 본 적이 없었기 때문이다.

이성민은 잠든 위지호연을 잠깐 내려다보다가 그녀를 부축하여 몸을 일으켰다.

"방으로 안내해 드리겠습니다."

팔각정을 내려오자 기다리고 있던 보혜가 머리를 숙이며 말했다.

이성민은 보혜를 따라 저택 뒤편의 별채로 향했다.

"필요한 것이 있다면 시종을 불러주십시오."

이성민은 큼직한 침대 위에 위지호연을 내려놓았다. 이불을 끌어와서 위지호연을 덮어준 뒤 이성민은 생각에 잠겼다.

당장의 운신도 제대로 하지 못하고 있는 위지호연이 저주를 푸는 것은 불가능하다. 그렇다면 이성민이 대신해서 저주를 건 술자를 죽일 수밖에 없다.

문제는 그 술자가 위지호연이 사흘 밤낮을 싸워 제압하지 못한 권존이라는 것이다.

천외천의 육존자는 초월지경에 든 초인들이라고 하였고 이성민은 아직 그 경지에 들지 못했다.

[그 권존이라는 놈도 멀쩡하지는 않을 거다.]

허주가 말했다.

[아까도 말했지만 이 정도 저주를 유지하기 위해서는 술자도 많은 것을 희생해야 해. 어쩌면 놈도 저 계집과 똑같이 운신도 하지 못하고 있을지도 모르지.]

'그렇다고는 해도, 나는 놈이 어디에 있는지 몰라. 게다가…… 놈을 건드린다는 것은 천외천과 싸운다는 뜻이고.'

초월지경의 초인이 여섯이나 모인 집단이다. 초월지경은 무공을 통해 도달할 수 있는 최상의 경지로 꼽힌다. 현재 알려진 초월지경의 무인으로는 정파에서는 무당파 전전대 장문인, 사파에서는 사마련주뿐이다.

그들은 인간이면서 인간이 아니다. 무당파 전전대 장문인은 살아 있는 모양이지만 속세의 일에는 아예 손을 떼고 있다.

전전대 장문인이라고 한다면 이미 몇 세대 전의 인물이고, 지금 활동하는 늙은 고수들을 핏덩이로 취급할 정도의 고인이다.

사마련주는 련주 자리에 있기는 하지만 뚜렷한 행동은 보이고 있지 않다. 이번에 위지호연을 보호하라고 련주가 직접 말했다는 것에 이성민이 크게 놀란 것은 그 이유다.

이 거대한 세상, 많은 사람이 살아가는 세계에서도 초월지경의 무인은 그 둘이 끝이다.

북쪽을 혈천마가 지배할 수 있었던 것은 무림맹이나 사마련이 멀고 척박한 북쪽을 신경 쓰지 않았던 탓이기도 했지만 혈천마 정도의 고수가 흔한 것이 아니기 때문이기도 했다.

초월지경에 오른 절대고수 둘이 정파와 사파 각 진영의 정점에 서 있으나 그들은 움직이지 않는다.

'멀어……'

이성민은 초절정의 경지에서도 높은 축에 서 있다. 이성민이 제압한 철갑신창은 명성 높은 고수였고 굳이 비교해 본다면 뱀파이어가 된 혈천마보다 반수 정도 처질 것이다.

절정, 초절정, 초월지경.

이렇게들 말하지만 무공의 경지라는 것은 그리 쉽게 구분할 만한 것이 아니다. 같은 경지에서도 많은 격차가 존재하고 상성이라는 것도 있다.

하지만 분명한 것은 있다. 절정고수는 초절정 고수를 이길 수가 없다. '격'의 차이라는 것은 아무리 발악한다고 해서 뛰어넘을 수 있는 것이 아니다.

초월지경에 들지 않는 한 위지호연에게 저주를 때려 박은 권존을 이성민이 죽일 수는 없다.

세상에 둘밖에 알려지지 않은 초월지경의 고수가 여섯이나 모인 것이 천외천의 육존자다.

이성민은 아랫입술을 잘근잘근 씹었다. 전생의 C급 용병이던 시절에는 이런 세계의 존재도 알지 못했다.

제법 멀리 왔다고 생각했는데 막상 앞을 보니 넘어야 할 산이 얼마나 높고 험한지만 알게 된 기분이었다.

[선 높이가 달라지면 보이는 풍경도 달라지는 법이야.]

허주가 이죽거렸다. 이성민은 그 말에 공감하여 눈을 감았다.

한 시간도 채 흐르지 않아 문이 열렸다. 눈을 감고서 생각을 정리하고 있던 이성민은 열린 문을 돌아보았다. 놀란 얼굴의 광천마와 루비아가 문 너머에 서 있었다.

"오셨습니까?"

이성민은 천천히 몸을 일으키며 물었다. 광천마는 침대에 누운 위지호연의 모습을 보며 낮은 신음을 흘렸다.

"대체 무슨 일이 있었던 거에요?"

"무림맹과 시비가 붙었습니다."

그 말을 시작으로 해서, 이성민은 자신이 겪었던 일에 대해 설명해 주었다.

가만히 이야기를 듣던 광천마가 어이가 없다는 얼굴을 하고서 내뱉었다.

"이 도시의 경비들은 경공을 쓰는 것은 탓하면서 사람을 죽이려 드는 것은 방관하나?"

"도시 중앙에서 경공을 쓰는 것과 성문 쪽 외곽에서 싸움이 난 것의 차이죠."

루비아가 입술을 삐죽거리며 대답했다.

"루베스는 중립지이기는 하여도, 크론이 가까운 탓에 무림맹의 입김이 더 강하게 작용해요. 외곽에서 무림맹의 철갑신창이 사마외도를 척결하겠다며 사람을 죽인다고 해도 뭐…… 솜방망이로 한 대 패는 정도의 처벌밖에 떨어지지 않겠죠."

"그러면 이곳도 위험한 것 아닌가?"

"이곳은 루베스의 중앙이에요. 그리고 사마련의 지부기도 하고. 사마련이 보호해 준다고 하면 큰 위험은 없을 것 같은데……."

루비아는 확신을 갖지 못하고 말꼬리를 흐렸다. 앞으로 무엇을 해야 할지는 아직 정하지 못했지만 우선 이곳에 의탁하여 위지호연의 상태를 보기로 했다.

이성민은 잠든 위지호연을 떠나 방 밖으로 나왔다.

"적색 마탑의 마탑주에게 이것을 전해주십시오."

방금 쓴 편지와 함께 시종에게 부탁을 전했다. 시종은 머리를 끄덕거리며 이성민의 시야 밖으로 사라졌다.

적색 마탑주인 스칼렛은 주술에도 일가견이 있다. 얼마 지나지 않아 시종이 마탑주가 부재중이라 편지를 전할 수 없다는 말과 함께 돌아왔다.

네블에게도 물어보았다. 주술사 길드 쪽에 문의를 넣었지만 그들에게서도 똑같은 대답을 들었다. 이 정도로 강한 저주를 풀기 위해서는 술자를 죽이는 수밖에 없다는 대답이었다.

위지호연은 고른 숨소리를 내면서 잠들어 있었다. 해가 저물고 있었고 이성민은 위지호연의 곁에 앉아 창밖을 보았다.

저무는 해가 그리는 붉은 노을은 아름다웠다. 그토록 기대해 온, 지금까지 이성민을 지탱해 온 목적 중 하나인 10년 후의 약속. 그 만남.

이성민은 눈을 감았고, 다시 눈을 떴다.

"천외천을 만나려면 어떻게 해야 하지?"

이성민은 무덤덤한 목소리로 중얼거렸다. 그 말에 광천마가 한숨을 내쉬었다.

"……말했을 텐데 천외천의 육존자는 초월지경에 든 괴물들이라고."

"어르신은 육존자 중 검존에게 패배했다고 했었지요. 만약 그 검존과 다시 만난다면 어쩌실 겁니까."

"이길 것이라는 확신은 없네. 하지만 10년 전처럼 허무하게 당하지는 않겠지."

"육존자는 초월지경의 괴물들입니다. 그런데도 싸우시겠다는 겁니까?"

"두렵진 않으니까."

"나도 똑같습니다. 두렵지는 않아요."

이성민은 피식 웃으면서 위지호연의 손목을 잡았다.

"만나야 하니까 만나고 싶은 겁니다."

2장
선택

"귀창이 소천마를 보호하여 데리고 갔다."

방으로 돌아온 남자는 침대에 앉아 수정구를 잡았다. 그렇게 내뱉은 말에 수정구가 즉시 반응했다. 은색으로 물든 수정구가 웅웅거리면서 소리를 냈다.

-귀창이라면, 북쪽의 혈천마를 죽였다는 그 꼬마인가?

"그래."

-아직 여물지 않은 듯하여 내버려 두고 있었는데…… 이렇게 인연이 이어지는군. 잘되었다고 해야 하나?

"여물지 않았다는 말은 틀린 것 같은데."

남자는 쓰고 있던 방갓을 벗으며 말했다. 그는 얼굴로 쏟아지는 검고 긴 앞머리를 양손으로 들어 올리면서 마른 웃음을 흘렸다.

"귀창은 철갑신창을 제압했다. 철갑신창이 전력을 다하지 않았다고는 하지만 귀창의 나이를 생각해 보면 놀라운 무위야."

-소천마와 비교할 정도는 아니지.

수정구 너머의 목소리가 냉정하게 답했다. 남자는 흘러 내려온 머리를 끈으로 묶으면서 대답했다.

"창왕(槍王) 늙은이가 흥미를 가질 것 같은데."

-그 나이 처먹고 아직도 자기 창만 휘두르는 것을 제일 즐거워하는 그 늙은이가?

상대가 비웃음을 흘렸다. 머리를 모두 묶은 남자는 어깨를 으쓱거리며 말했다.

"소천마와는 비교가 안 되겠지만 신경 써야 할 정도는 될 것 같아."

-귀창이 소천마를 보호하고 있다면 놈과도 얽히게 되겠지. 그보다…… 지금 소천마와 귀창은 어디에 있나?

"사마련의 지부에."

-도시 밖으로 도망칠 줄 알았더니.

그 말을 들으면서 남자는 혀를 찼다. 그는 걸치고 있던 외투를 벗었다. 외투를 벗은 남자의 몸은 착 달라붙는 흑의와 수많은 암기로 무장되어 있었다. 남자는 암기를 하나하나 내려놓으며 말했다.

"권존이 싸지른 똥을 왜 내가 치워야 하는 것인지 모르겠군."

-어쩔 수 없는 일이잖나. 우리 중에서 가장 은밀하게 움직일 수 있는 것은 바로 자네니까, 암존(暗尊).

어르는 것 같은 말에 암존이 마른 웃음을 흘린다.

소천마를 데리고 오겠다며 득의양양하게 떠난 권존은 상처 투성이로 돌아왔다.

위지호연과 사흘 밤낮 동안 이어간 싸움은 권존을 피폐하게 만들었지만 권존을 움직이지 못하게 한 것은 그가 위지호연에게 때려 박은 저주 때문이었다.

엘프인 권존은 수명의 짧음에 제약을 갖지 않고 수백 년 권법을 익혔고, 동시에 주술과 저주에도 깊은 조예를 갖게 만들었다.

천외천의 다른 육존자들은 그런 권존을 보며 주술 따위에 시간을 할애하여 무공이 그리 뛰어나지 못하다 비웃으면서도 권존과 마찰을 꺼렸는데, 그 이유가 그의 주술과 저주가 그만큼 뛰어나기 때문이었다.

하지만 주술, 그중에서도 저주는 확실한 만큼 많은 대가를 요구한다. 현재 권존은 위지호연과 똑같은 저주를 겪고 있었다. 제대로 운신조차 하지 못하고 내공도 잘 사용하지 못하기에 깊은 엘프의 숲에서 은신하고 있었다.

"언제 데려오는 것이 좋을까."

-소천마가 포기하여 마음을 꺾을 때를 기다리려 했는데…… 상황이 애매해졌군. 평소라면 신경도 쓰지 않던 약자에게 목숨을 위협받게 된다면 마음이 꺾일 것이라 생각하여 내버려 둘 생각이었는데. 귀창이라는 꼬마가 소천마를 보호하러 나설 줄이야.

수정구 너머의 남자가 짜증스러운 목소리를 냈다.

-놈들이 사마련 지부에 틀어박혀 있다면 건드리기가 까다롭다. 사마련주가 대외적인 일에 관심이 없다고 하여도 자기 구역에서 벌어지는 일을 묵과하지는 않을 테니까.

사마련주인 마황(魔皇) 양일천은 침묵하는 용이다. 괜히 그를 자극하였다가는 일이 귀찮아진다.

-권존을 죽이지 않는 한 저주를 풀 방법은 없다. 뭐…… 서두를 필요는 없겠지, 조만간일 테니까.

하루아침에 힘을 잃고 약자가 되었다. 강자의 위치를 기억하고 있는 소천마가 그 굴욕을 견딜 수 있을 것이라 생각하지는 않는다.

-귀창과 소천마가 도시를 떠난다면 소천마의 눈앞에서 귀창을 죽여라.

"죽이기에는 아까운데. 그리고 놈은 광천마랑 함께 있다."

-광천마는 더 이상 볼일이 없어. 10년이 지났는데도 초월지

경에 들지 않았다면 가망이 없는 것이야. 암존, 그대는 귀창을 굉장히 높게 평가하고 있는데…… 마음에 들었나?

"뛰어난 젊은이는 언제나 마음에 들지. 내가 보기엔…… 그 귀창이라는 놈은 소천마 다음으로 뛰어나. 소림의 지학, 개방의 취걸, 무당의 청명. 취걸이라는 놈은 별 볼 일 없는 놈이야. 지학은 아직 지켜봐야겠고, 청명은 태극검제가 꽁꽁 싸매는 통에 건드릴 수가 없지."

암존이 언급한 셋은 소림과 개방, 무당의 미래라고 불리는 젊은 고수들이다.

그중에서 암존과 천외천이 가장 높게 평가하는 것은 무당의 청명이었다. 그는 무당의 전전 장문인인 태극검제의 유일한 제자로서 그 실력이 전혀 알려지지 않았다.

"사대세가 쪽에서는 검룡이 제법 괜찮고…… 사마육문이나 마도삼가에도 꽤 괜찮은 녀석이 많아."

-그들과 귀창을 비교한다면?

"솔직히 탐이 나는군."

암존이 이를 드러내며 웃었다. 천외천은 욕심이 많다. 초월 지경에 들 가능성이 있는 고수라면 만나서 시험해 봐야 한다. 암존의 대답에 수정구 너머에서 웃는 소리가 났다.

-그렇다면 마음대로 해. 죽여도 좋고…… 시험해 봐도 좋다.

암존은 머리를 끄덕거리고서 수정구를 내려놓았다. 암존의 손을 떠난 수정구는 빛을 잃었다.

암존은 벗어놓은 암기를 하나하나 손질하면서 고요한 정적을 느꼈다. 그는 이미 오래전에 이런 암기 따위를 다루지 않아도 될 경지에 올랐으나 그럼에도 언제나 암기를 몸에 지니고 다녔다. 마음이 편해지기 때문이다. 확실한 날붙이의 감촉과 냉기가 편안한 기분을 준다.

'언제 나오려나.'

암존은 그런 생각을 하면서 창밖을 보았다. 멀지 않은 곳에 사마련의 지부 건물이 보이고 있었다.

이쪽에서 권존을 찾으러 갈 방법은 없다. 에레브리사의 모든 정보력을 동원해 알아보아도 권존의 위치는 확인되지 않는다. 그것은 천외천이라는 단체가 모든 정보 길드의 이목을 벗어나 있다는 증거이기도 했다.

개방, 하오문. 무림 정보 문파의 정보도 수소문해 보았지만 구할 수 있는 정보는 단편적이었다.

[에레브리사는 중개 길드입니다.]

네블의 목소리가 이성민의 머릿속에 울렸다.

[저희의 역할은 연결되어 있는 길드와 중개해 드리고, 중개인을 통해 그를 전달하는 것뿐입니다. 그들이 천외천의 정보를 가지고 있지 않다면 전해드릴 수 없고, 그들이 알고 있다고 한들 전하지 않는

다면 전해드릴 수가 없습니다. 저는 여태까지 이성민 님에 대한 호의
로써 당신의 부탁을 통해 몇 번인가 움직여 드렸지만…… 이 경우에
는 이야기가 다릅니다.]

중개 상대가 아닌 자들에게 네블이 직접 가서 편지를 전해
주는 것 자체가 본래는 해서는 안 될 일이다.

이성민은 한숨을 쉬면서 머리를 숙였다.

이상한 일이다. 초월지경의 고수가 여섯이나 있는데 그들에
대한 정보가 단편적으로밖에 존재하지 않는다니.

이성민은 아랫입술을 잘근 씹었다.

[남쪽으로 가는 것이 답일지도 몰라.]

허주가 말을 걸었다.

[남쪽은 주술사가 흔한 곳이니까. 저주를 해주는 것은 불
가능할지 몰라도, 여기서 끙끙 앓는 것보다는 방법은 구할 수
있겠지.]

에레브리사의 중개를 통해 만난 주술사들도 제법 있었지만
그들은 위지호연의 저주를 해주지 못했다.

길드로 뭉쳐져 있는 마법사 길드와는 다르게 주술사들은
길드를 갖지 않는다. 그렇기에 만날 수 있는 주술사의 수는 제
한되어 있다.

"무림맹의 사냥개들이 루베스로 향하고 있습니다."

관후가 차를 내주었다.

"추혈집행단은 무림맹의 많은 사냥개 중에서도 특히나 질이 나쁜 자들입니다. 무력적인 면에서는 당신보다 약하겠지만 그들은 추격과 괴롭히는 재주가 뛰어납니다."

이성민은 대답하지 않았다. 관후의 말은 선택을 강요하고 있었다. 사마련에 투신한다면 사마련의 보호를 받게 된다. 그리고 무림맹과는 완전히 적대하게 된다.

이성민은 눈을 감았다.

정파와 사파. 그런 것을 신경 쓰지 않고 살았다.

그럴 수밖에. 이성민은 용병이었고 노 클래스였다. 무공을 익히기는 했었지만 전생의 이성민은 정파와 사파의 갈림길에 서게 될 만큼 대단한 존재가 아니었다.

하지만 지금은 어떤가.

"사마련은 어떤 곳입니까?"

"마인이 득실거리는 곳입니다."

관후가 평온한 웃음을 지으며 말했다.

"정파와 사파의 구분은 이 세상에서는 무의미한 곳이지만…… 마인은 대부분 사파입니다. 그들이 익히는 무공은 정파의 것보다 난폭하고 익힌 무공은 성질을 변화시킵니다. 색마와 살인귀는 사마련 안에서는 제법 흔합니다."

"그들을 통제하지는 않습니까?"

"어느 정도는 하고 있지요. 하지만 욕망이라는 것은 주머

속의 송곳과도 같아요. 깊이 넣으면 어느 틈엔가 옷을 꿰뚫고 나와 버립니다."

관후는 그렇게 말하며 껄껄 웃었다.

"그렇게 마두가 되어버리는 것이지요. 억누른 욕망을 폭발하여 미쳐 날뜁니다. 그렇게 되면 사마련은 그들을 더 이상 보호하지 않습니다. 정의로운 협의지사나 무림맹 쪽에서 알아서 치워주니까요."

관후의 웃음이 낮아졌다.

"떠나자."

이성민은 위지호연에게 말했다. 위지호연은 힘없는 눈으로 이성민을 올려 보았다.

"어디로?"

"우선 남쪽으로 가 보자. 그곳에 뛰어난 주술사들이 있다고 하니 그들을 만나봐야겠어."

"남쪽이라……. 여기서 먼 곳이지. 사마련은 어떻게 할 거냐?"

"사마련에 든다고 해서 그들이 무조건 보호만 해줄 것이라는 보장은 없다. 무림맹의 추격이 붙기는 하겠지만…… 최대한 떨쳐 내면서 가야지."

"그렇게 한다면 너는 정파의 공적이 될 거야. 상관없는 거냐?"

"그럼, 내가 너를 버리고 떠나기를 바라는 거냐?"

이성민이 되물었다. 그 말에 위지호연은 낮게 웃는 소리만 낼 뿐 대답하지 않았다.

조금의 침묵 뒤에 위지호연이 입을 열었다.

"천외천이 찾아온다면?"

"상관없어."

"그들은 나를 데려가고 싶어 해."

"너는 가고 싶지 않잖아."

"응."

"그럼 됐어."

"뭐가 됐다는 거야."

위지호연이 웃음을 터뜨렸다. 이런 기분, 이런 상황은 처음이었다. 위지호연은 무력함을 느끼고 있었다. 자신보다 약한 이성민에게 보호를 받게 될 것이라고는 상상도 해본 적이 없었다.

의외로 기분은 나쁘지 않았다. 묘한…… 기분이었다. 누군가에게 보호되는 것, 이렇게 무력해지는 것.

위지호연은 멍한 눈으로 이성민을 보았다.

언제 천외천의 사자가 올지도 모른다. 이미 무림맹의 사냥개들은 루베스로 출발했다. 사마련의 지부를 떠난다면 그들의 표적이 된다. 하지만 언제까지고 사마련에 남아 있을 수도 없는 노릇이다. 이곳은 무조건 안전한 장소가 아니다.

위지호연이 정신을 잃었을 때에는 당장 몸을 의탁하기 위해 이곳에 왔지만 위지호연이 정신을 차린 지금 사마련에 더 이상 있을 필요는 없다.

조력자인 광천마와 루비아와도 만났다.

'차라리 금색 마탑에…… 아니, 그곳도 무조건 안전한 곳은 아니야.'

로이드에게 위지호연의 보호를 맡기는 것도 생각해 보았지만 그만두었다. 로이드를 말려들게 하고 싶지도 않았고 그곳이 안전하다는 보장도 없었기 때문이다.

그렇다면 나와 함께하는 것은 안전한가?

그 질문에 이성민은 대답할 수가 없었다.

광천마와 이성민은 초절정 고수 중에서도 손에 꼽을 수 있는 강자다. 무림맹은 둘째 치고서도, 언제 올지 모르는 천외천의 사자가 문제다.

이성민은 천외천의 육존자 중 하나인 암존이 바로 근처에 있다는 것을 알지 못했다. 만약 알고 있었다면 다른 선택을 했을지도 모른다. 모르기에, 이성민은 관후에게 떠날 것을 알렸다.

"그렇습니까."

관후는 놀라지 않았다. 마치 이성민이 그렇게 행동할 것임을 미리 알고 있었다는 듯이 그는 담담한 얼굴로 머리를 끄덕거렸다.

"그 선택에 후회는 없습니까?"

관후가 묻는다. 이성민은 멈칫하고서 관후의 눈을 들여다보았다.

관후의 눈동자가 빙글빙글 돌고 있었다.

"이곳이 절대적으로 안전하다고는 말하지 않겠다. 어찌 될지 모르는 것이니까. 하지만 지금 상황에서는 꽤 안전한 곳이지. 이곳을 나가면 정의라는 허황된 것에 취해버린 사냥개들이 너를 물어뜯으려 들 것이고 소천마를 저 꼴로 만든 늙은 괴물들이 너를 노릴 것이야."

"……너…… 누구냐?"

"사마련주."

관후의 얼굴을 하고 있지만 관후가 아닌 존재가 답했다.

"너무 긴장하지는 마라. 지부장의 심령에 새겨 넣은 단말을 통해 말하고 있을 뿐이니."

"긴장하지 말라는 말을 들어서 긴장하지 않을 수 있을 리가."

"하하, 그것도 그렇군. 그래서…… 대답은 어찌할 테냐. 선택에 후회는?"

"네 입으로 말했잖아. 이곳이 무조건 안전한 곳은 아니라고."

"그렇지. 단말을 통해 말하고는 있지만 본좌가 있는 곳은 이곳에서 꽤 먼 곳이거든. 무림맹의 사냥개들이 무식한 방법을 쓴다면 루베스에 있는 사마련의 세력으로는 막을 수가 없다. 천외천은 말할 것도 없고."

"천외천에 대해 아는 건가?"

"당연히 알고 있지."

"이곳에서 시간을 끌어봤자 아무것도 변하지 않아."

"후회는 없는 모양이로군. 막을 생각은 없다. 떠나고 싶다면 떠나라."

사마련주가 시원스러운 목소리로 대답했다.

"너를 막기 위해 말을 건 것은 아니니까."

"그러면 뭐냐?"

"네가 한 선택의 결과가 어떻게 나오건 그것은 네가 감수해야 할 일. 회색으로 있고 싶어 하는 것인지, 단순히 선택하고 싶어 하는 것이 아닌지는 본좌가 알 바는 아니다만. 만약 네가 흑색이 되는 것을 선택한다면 레그로 숲을 찾아오도록 해라. 그곳에 본좌가 있으니까."

"……뭐?"

"서두를 필요는 없다. 남쪽으로 간다고 했나? 그쪽의 볼일이 끝난다면 오도록 해라. 지금은 네가 찾아온다고 해도 본좌가 만나줄 형편이 아니니까."

"잠깐, 나는 간다고 말하지도 않았……."

"그것도 네 선택이지."

사마련주가 웃으며 말했다.

"강요하지는 않아. 오든 오지 않든 그걸 결정하는 것은 너다."

사마련주의 말은 거기서 끝났다. 관후의 눈동자에서 빛이 사라졌다. 잠깐 멍하니 서 있던 관후의 눈에 빛이 돌아왔다. 관후는 한숨을 푹 내쉬며 말했다.

"련주님도 참. 미리 알려주고 하시면 좋을 것을……!"

갑작스러운 사마련주의 접촉에 당황한 것은 이성민도 마찬가지였다. 하지만 그에 대해서 관후에게 따지고 물어봐야 관후는 대답하지 못할 것이다.

이성민은 자리에서 몸을 일으켰다.

"가시는 겁니까?"

"예."

이성민이 몸을 돌리며 대답했다.

레그로 숲과 사마련주. 그에 대한 생각은 뒤로 미룬다. 우선 남쪽에 가는 것이 먼저다.

남쪽의 토착 부족을 만나 요력을 다루는 방법에 대해 배우고 겸사겸사 허주의 보물도 얻어둔다. 그러면서 위지호연의 저주에 대해 해답을 알려줄 만한 주술사를 수소문한다.

남쪽까지는 긴 여정이 되겠지만 상관없었다. 그렇게 생각하고 싶었다.

사마련의 지부를 나와 바로 기차를 탔다. 어제의 소동에 대해서는 사마련 쪽에서 이미 처리를 해두었기 때문에, 기차역을 지키는 경비들은 이성민을 노려볼 뿐 달려들지는 않았다.

"사고 치지 마시오."

표를 건네주는 역무원이 그렇게 경고했다.

광천마는 다시 기차를 타는 것에 즐거워하면서도 이 도시를 떠나는 것이 서운한, 그런 복잡한 표정을 짓고 있었다.

"다음에 또 오면 되죠."

루비아가 광천마의 곁에 앉으면서 말했다. 이성민은 위지호연을 부축하여 자신의 옆자리에 앉게 했다.

기차가 출발했다. 덜컹거리던 의자도 잠잠해진다. 위지호연은 창밖을 돌아보았다.

스쳐 지나가는 풍경을 보면서 위지호연은 아무런 말도 하지 않았다. 갑작스레 떠나게 된 것에 대해서 불만도 말하지 않았다. 불안도…… 없어 보였다.

루비아는 눈을 깜박거리면서 이성민과 위지호연을 보았다. 갑작스러운 만남이다. 대화를 거의 나누지 않았기 때문에 상대에 대해서는 아는 것이 적었지만 루비아는 저 여자가 그 유명한 소천마 위지호연이라는 것은 알았다.

던전에서 그녀의 도플갱어에게 죽을 뻔하기도 했었고 던전의 끝에서 위지호연과 짧은 만남도 가졌기 때문이다.

"대단해."

광천마가 입을 열었다. 그는 창밖을 힐끔거리면서도 근엄한 척 팔짱을 끼고서 위지호연을 보려 했다.

"스물셋…… 이라고 했지. 그 나이에 초월지경이라니. 본좌가 살았던 무림 역사에서도 전례가 없었던 일이고, 이 세계에서도 전례가 없는 일일 게야."

"광천마 벽원패."

위지호연이 입을 열었다. 창밖을 보던 그녀는 두 눈을 움직여 광천마를 보았다.

"10년 전, 내가 제나비스를 떠났을 때부터 네 이야기를 들었지."

"실제로 보니까 어떤가?"

위지호연은 아무렇지도 않게 반말을 했지만 광천마는 그것을 개의치 않았다. 광천마의 얼굴을 보던 위지호연이 입을 열었다.

"널 제압하는 것은 귀찮겠지만 힘들지는 않을 것 같아."

"으하하!"

위지호연의 대답에 광천마가 웃음을 터뜨렸다.

"그렇겠지. 본좌는 초월지경을 엿보지도 못하였으니. 몇십 년을 매달렸는데 도달하지 못했어."

"흔한 일이지."

위지호연이 중얼거렸다. 그 말에도 광천마는 웃음을 터뜨릴 뿐이었다. 자조가 섞인 웃음은 아니었다.

"지금은 네 몸이 나빠 불가능하겠지만, 언젠가 네 몸이 나아 진다면 꼭 한번 싸워보고 싶군."

"좋을 대로 해."

위지호연은 그렇게 대답하면서 창가에 머리를 기댔다.

저주가 강해지고 있다. 루베스에 오기 전에는 무공을 쓰지 못하고 고통스럽기는 하였어도 몸을 움직이는 것 자체에 문제 는 없었다.

하지만 지금은 아니었다. 내공은 아무리 해도 움직이지 않 았고 운신까지 힘들어졌다.

철갑신창과의 비무 때문은 아니다. 상처와 내상은 이미 치 료했다.

위지호연은 느낄 수 있었다. 몸을 좀먹는 저주가 강해지고 있음을.

'의식을 유지하는 것이 힘들어졌어……'

지금도 그렇다. 잠이 오고 있었다. 거부할 수 없는 졸음이었 다.

위지호연은 아랫입술을 잘근 씹었다.

툭.

이성민의 손이 위지호연의 손등을 덮었다. 위지호연은 감겨 오는 눈으로 이성민을 돌아보았다.

"자도 돼."

"……응."

이성민의 말에 위지호연이 머리를 살짝 끄덕거렸다.

자고 싶지 않은데.

이상한 일이었다. 이성민의 말을 들은 순간 마음이 편안해 졌다.

'아.'

나는 안심하고 있는 거구나.

위지호연은 조금 늦게, 자신이 느끼고 있는 감정에 대해 깨 달았다.

위지호연은 수마를 거스르지 않고서 눈을 감았다. 얼마 지 나지 않아 위지호연은 고른 숨소리를 내며 잠들었다.

"안쓰럽군."

광천마가 중얼거렸다.

"초월지경에 들어선 무인이 저렇게까지 무력할 줄이야. 지금 의 소천마라면 절정고수…… 아니, 일류나 이류의 무인도 감 당하지 못할 거다."

"그럴지도."

잠든 위지호연의 머리는 이성민의 어깨에 기대어졌다. 이성민은 위지호연의 숨소리를 들으면서 주먹을 쥐었다.

"……어르신의 도움이 필요합니다."

"뭐 하러 묻나. 본좌는 자네와 함께 남쪽으로 가기로 했는데. 일행이 더해졌다고 해서 남쪽으로 가지 않을 것도 아니잖나."

"무림맹과 싸우게 될지도 모릅니다."

"그게 뭐 어떻다고? 잊어버린 모양인데, 본좌의 별호는 광천마일세. 몇십 년 전부터 무림맹 놈들과는 싸워왔어."

"천외천과도."

"더 잘되었군."

광천마가 껄껄 웃었다.

"검존과 다시 만났으면 좋겠어. 만나서 확인해 보고 싶군. 본좌가 10년 전과 비교해서 어디까지 왔는지. 검존이 얼마나 멀리 있는지 확인해 보고 싶어."

하지만 이성민은 바라지 않았다. 천외천의 사자와 만나고 싶지 않다. 확신이 없었기 때문이다.

이성민이 초절정의 무위에서도 상당히 높은 곳에 와 있다고는 하여도 초월지경인 육존자 중 한 명과 싸워서 위지호연을 지킬 자신이 없다.

기차가 남쪽 성문 역에 도착했다. 이성민은 잠든 위지호연을 깨우지 않고서 그녀를 등에 업었다.

광천마가 이성민의 등 뒤에 섰고 루비아는 빛의 구체로 모습을 바꾸고서 이성민의 품 안으로 들어왔다.

"떠나는가."

남쪽 성문을 나오자 그곳에는 철갑신창 유호정이 있었다.

이틀 전에 이성민은 이곳에서 유호정을 제압했다. 그 이후 유호정은 떠나지 않고서 남쪽 성문에 남아 있었다.

이성민은 주저앉아 있는 유호정을 보면서 입을 열었다.

"나를 막을 겁니까?"

"막을 수 없겠지."

유호정이 대답했다.

"자네 혼자도 아니고 광천마와 함께 있지 않나."

"그러면 왜 이곳에 있는 겁니까?"

"자네에게 묻고 싶은 것이 있어서."

유호정은 갑옷을 입지도 않았고 랜스를 들지도 않았다. 대신에 그 거대한 랜스는 이성민의 바로 옆에 꽂혀 있었다. 유호정은 천천히 몸을 일으키며 물었다.

"자네는 계속해서 소천마를 보호할 셈인가?"

"할 수 있다면."

"그에 대해서는 이전에도 말했겠지. 무림맹과 척을 지는 행위라고."

"알고 있습니다."

"지금이라도 늦지 않았어. 마음을 바꿀 생각은 없는가?"

"없습니다."

"그렇군."

유호정은 머리를 끄덕거렸다.

"나는 약해진 소천마를 죽이려 한 내 행동이 정당하지 않다는 것을 알고 있네. 하지만 알면서도 행동하였지. 내가 왜 그런 것인지 알고 있나?"

"위지호연이 마인이라서."

"당장의 소천마가 악행을 벌이지 않았다고 한들 앞으로 벌이지 않으리란 보장은 없어. 하물며 그 어린 괴물은 전례가 없을 정도로 빠르게 강해지고 있지. 몇 년만 지나도 그 누구도 소천마를 막지 못할 거야."

"그래서 죽이려 했다는 겁니까."

"정당하지 못하다는 것은 알아. 이것은 편협하기 짝이 없는 정의일세. 어쩌면 옳지 않을 수도 있어. 하지만, 또 옳을 수도 있는 것이지."

유호정은 손을 뻗어 옆에 있는 랜스를 잡았다.

"나는 자네를 막을 수 없어."

유호정이 말했다.

"하지만 막아야 해. 나에겐 이것이 옳으니까. 편협하다고는 해도 이것이 나의 정의일세."

"막지 못한다고 하지 않았습니까."

"알아."

랜스가 빛으로 물들었다. 빛으로 물든 랜스는 유호정의 몸을 덮었고 빛이 사라졌을 때 유호정은 그에게 철갑신창이라는 별호를 준 갑옷을 입고 있었다.

유호정은 위로 올라가 있는 안면 가리개를 천천히 아래로 내렸다.

"이틀 전에 나는 자네를 죽이려 하지 않았네. 자네를 죽이는 것이 옳은가, 옳지 않은가에 대한 확신이 없었기 때문이야. 하지만 지금은…… 확신하고 있네. 자네를 여기서 죽이는 것이 옳다고."

"왜 그렇게까지 하는 겁니까."

이성민은 한숨을 내쉬며 내뱉었다.

"나를 죽이는 것이 가능하고 불가능하고를 떠나서, 나 혼자 있는 것도 아닌데. 그리고 위지호연은 아직 악행을 벌이지 않았……."

"말하지 않았나, 편협한 정의라고."

쿠웅.

유호정이 앞으로 걸었다.

"자네가 보기에 소천마를 죽이려는 내가 옳지 않을지도 몰라. 하지만 나에게는 옳은 일일세. 내가 광천마와 함께 있는 자네에게 덤비는 것 역시, 나에게 옳은 일이야."

편협하다. 그러면서도 우직했다. 유호정이 말하는 것은 그 자신이 마음 깊은 곳에 가지고 있는 흔들리지 않는 신념이었다.

무림맹의 뜻을 떠나서 유호정이라는 무인은 그런 신념을 가진 사람이었다.

철갑을 입은 유호정이 묵직한 걸음을 떼었다. 불가능이라는 것은 알았다. 이대로 덤빈다고 해서 죽일 수는 없다. 오히려 유호정이 죽을 것이다. 그럼에도 유호정은 그를 두렵다고 여기지 않았다. 그 스스로 옳다고 생각하여 행동했고, 감당하지 못하여 죽을 뿐이다. 자신의 약함을 탓할지언정 죽음을 두려워하진 않는다.

"으음."

광천마가 작은 신음을 냈다. 그는 한 걸음 뒤로 물러서면서 한숨을 내쉬었다.

"싫은 유형이로군. 본좌는 나서고 싶지 않은데……."

"알겠습니다."

하고 싶지 않은 것은 이성민도 마찬가지였다.

살인을 즐기지 않는다. 여태까지 이성민은 쭉 그래왔다. 상대가 자신을 죽이려 하지 않는다면 죽이지 않았다.

잠자는 숲에서도, 던전에서도. 장득수가 짜증 나서 죽여 버리고 싶다고 생각은 했었어도 하지 않았다. 2100년의 수행을 통해 불안정했던 정신은 시간이 지나고, '지금'의 이성민이 되어가면서 안정되었다.

철갑신창 유호정은 죽이고 싶지 않은 사람이었다. 그의 신념과 사상에 공감도 부정도 하고 싶지 않다. 엮이고 싶지 않다. 흘러가듯 지나가고 싶다.

하지만 그럴 수가 없었다. 유호정은 앞을 가로막는 방벽이 되어 이성민의 앞에 서 있었다.

[싸우지 말고 도망치는 것도 방법 중 하나야.]

"도망칠 건가?"

허주가 중얼거렸고 유호정은 그렇게 질문했다.

"자네가 도망친다면 나는 당장은 자네를 쫓아가지 못할지도 몰라. 하지만 몇 번이고 자네를 쫓겠지. 언제까지 도망치는 것만을 답으로 삼을 텐가?"

흑과 백.

"소천마를 보호하고 싶은 것이 진심이라면 도망치지 말게. 자네도 옳고 그름과 신념은 알고 있겠지. 소천마를 죽게 하지 않는 것. 소천마를 보호하는 것이 자네의 신념이고 옳음이라면! 도망치지 말고 나를 이곳에서 죽이고 가게."

유호정이 고함을 질렀다. 동시에 그는 이성민을 향해 가속해 왔다. 이성민은 주저하지 않고 창을 꺼냈다.

꽈앙!

근접 거리에서 충돌에 이성민은 반걸음 뒤로 물러섰다.

이틀 전에 버프 마법을 두르고 달려든 랜스 차지보다 오히려 묵직하다. 그때의 유호정이 전력을 다하지 않았다는 증거였다.

소천마 위지호연은 악인가?

모른다. 전생의 위지호연은 던전에서 모두를 몰살시켰다는 것을 제외하면 뚜렷한 악행을 벌이지 않았다. 그 던전에서의 몰살도 위지호연이 아닌 위지호연의 도플갱어가 했다는 것을 이성민은 알고 있다.

전생에서 이성민이 죽었던 것은 스물여덟 살. 앞으로 4년. 그 4년 동안 위지호연은 커다란 악행을 벌이지 않는다.

그 이후는?

5년 후, 6년 후, 10년 후. 그때에도 위지호연이 악행을 벌이지 않으리란 보장은?

그 일어나지 않을지도 모르는 것 때문에 유호정은 목숨을 걸고 위지호연을 죽이려 하고 있다.

선택을 강요받고 있다. 회색으로는 할 수 없는 선택을.

위지호연을 보호하기 위해서는 회색에서 흑색이 되어야 한다. 마인이 되어 유호정을 죽이고 무림맹과 적대해야 한다.

이성민은 아랫입술을 뿌득 씹었다. 이성민의 손안에서 일직선의 창이 요동쳤다.

콰콰쾅!

뻗은 창이 수십 개의 변화를 만들며 유호정을 덮친다.

유호정은 굳건한 철갑의 방어와 호신강기, 방어 마법을 앞세우고서 이성민의 창의 위력을 견뎌냈다.

수십 개의 찌르기를 상대로 하여 묵직한 찌르기가 쏘아진다.

꽈앙!

창과 랜스가 부딪히고 서로 튕긴다.

유호정은 물러서지 않았다. 그는 몸을 꺾으면서 양손으로 창대를 잡았다. 랜스는 창이 아닌 거대한 둔기가 되어 이성민을 덮쳤고, 그에 맞서 이성민은 반 바퀴 창을 돌려 창간을 위로 세웠다.

둔탁한 굉음과 함께 이성민의 상체가 휘청거린다. 거기서 이성민은 발을 옆으로 끌면서 자세를 바꾸었다. 그리고 창을 쏜다.

그만두자.

이성민의 두 눈이 차갑게 젖었다.

방금 전의 공방을 통해 알았다. 유호정은 진심으로 이성민을 죽이려 하고 있다. 이 행동이 자신의 정의임을, 편협한 정의임을 인정하고 행동하고 있다.

하지만 이성민은 선택하지 않고 있었다. 정파와 사파니, 그런 선택을 하고 싶지 않았다.

그러나 지금은 선택해야만 했다. 앞으로도 계속해서 이런 일을 겪을 것이다. 스스로의 정의감을 신념으로 삼고서 가로막는 자들이 올 것이다.

무림맹은 이미 사냥개를 풀어놓았다.

이성민은 마음속으로 결정을 내렸다. 스스로를 정의라 믿는 자들이 마인이라 규탄을 보낸다면 인정하겠다고 결정했다.

이성민의 손안에서 창이 자색으로 물들었다. 요동치는 강기를 앞세우면서 이성민은 앞으로 뛰었다.

그를 보면서 유호정은 스쳐 지나가듯 생각했다.

막을 수 없겠군.

눈을 감았다.

허점투성이의 논리에 행동을 더하게 된 것은 오늘 아침에 도착한 무림맹의 서찰 때문이었다. 소천마를 반드시 죽여야 한다는 서찰.

그것을 유호정을 이곳에 오게 하고, 죽게 하기는 하였으나 유호정은 자신의 죽음을 한스럽게 여기지는 않았다.

"아……."

유호정은 하늘을 보고 있었다. 이성민은 우울한 눈을 하고서 유호정을 내려 보았다. 두 눈을 깜박거리던 유호정은 뭐라고 말을 하기 위해 입을 벌렸으나 제대로 말을 내뱉지 못했다.

유호정의 입에서 토해진 것은 시뻘건 피였다. 유호정은 이성민의 창을 막지 못했다. 철갑신창이라는 별호를 쥐어준 그의 철갑도, 호신강기도.

유호정은 이성민을 죽이려 하였고 그에 대해 이성민은 진심과 전력으로 상대해 주었다. 그리고 이렇게 결과가 났다.

유호정은 떨리는 손을 들어 자신의 가슴을 더듬었다. 가슴에 난 구멍은 그 건너편이 보일 정도로 넓었으나 피가 잔뜩 고여 붉은색밖에 보이지 않는다.

유호정은 연신 피를 토했다. 그는 핏기가 전혀 없는 입술을 움직여 웃더니 이성민을 보았다.

"그…… 선택에…… 후회는……."

"없습니다."

무림맹주의 서찰은 소천마를 죽이라는 것이었지만 실상은 유호정보고 자살하라는 것과 다를 것이 없는 말이었다.

유호정은 맹주를 원망하지 않았다. 그럴 만한 이유가 있었을 테니까.

유호정이 옳다고 믿는 것이 있듯이 이성민도 마찬가지다.

이성민은 한숨을 내쉬었다. 등 떠밀려 한 선택이라고 하여도 후회하고 싶지는 않았다.

누군가가 보기에는 위지호연은 악일지도 모른다. 결국 위지호연은 마인이니까. 언젠가 마인다운 행동을 하게 될지도 모르니까.

하지만 이성민에게는 아니다.

"그럼 됐겠지……"

유호정이 중얼거린다. 그는 이성민을 원망하지 않고 있었다. 유호정이 이성민을 죽이려 한 것은 사실이었기에. 힘이 부족하여 반대로 죽게 되었을 뿐.

그래, 으레 싸움이라는 것은 그런 것이다. 유호정은 무인이었고, 언젠가 이러한 결말을 맞게 될 것임을 오래전부터 알고 있었다. 그렇기에 그는 원망 없이 두 눈을 감았다. 철갑신창 유호정은 그렇게 죽었다.

이성민은 후회는 없다고 하여도 좋은 기분은 아니었다. 죽이고 싶지 않은 사람이었다. 인연은 짧았어도 명성이 높은 무인이라 알고 있는 상대였고, 창수로서 이성민보다 앞서 명성을 떨친 인물이었다. 스스로 편협하다고 말하였어도 그는 정파의 오랜 무인이었다.

[귀찮겠군.]

허주가 중얼거린다.

안다. 유호정을 죽임으로써 이성민이 기존에 쌓은 명성은 사라지게 된다. 유호정을 죽인 것은 악명이 될 것이고, 귀창이라는 별호와 이성민의 이름을 마인의 것으로 인식하게 할 것이다.

이성민은 유호정을 보던 시선을 돌렸다. 그는 광천마에게 다가가 잠들어 있는 위지호연을 돌려받았다.

"갑시다."

"묻어주지 않을 건가요?"

품 안에서 루비아가 웅웅거리며 묻는다. 그 말에 이성민은 유호정의 시체를 지나치며 대답했다.

"나 말고 묻어줄 사람은 많이 있습니다."

시선이 꽂힌다. 남쪽 성문에서 사람들이 달려오고 있었다. 그들은 이성민을 향해 악담을 퍼붓고 욕을 소리쳤다.

들리지 않았다. 들으려 하지 않았다. 그들과 마찰을 빚고 싶지 않았기에 이성민은 경공을 펼쳤다.

하지만 그들은 쫓아오지 않았다. 바로 눈앞에서 이성민이 철갑신창을 죽이는 것을 보았다.

저곳에 있는 무인 중에서 이성민을 위협할 만한 실력자는 한 명도 존재하지 않는다. 게다가 광천마까지 함께 있으니 목숨이 아깝다고 생각하고 있는 이상 저들은 이성민에게 덤비지 않을 것이다.

철갑신창은 목숨이 아깝지 않았던 것일까?

모르겠다. 끈적끈적한 불쾌감이 가슴 한구석에 고여 있었다.

그 편협한 정의, 신념이라는 것이 명성과 목숨을 송두리째 걸게 할 만큼 가치 있는 일이었단 말인가.

"피로한가?"

이성민의 걸음이 멈추었다. 멀지 않은 나무 그늘에 한 사내가 서 있었다. 목소리를 내지 않았더라면 이성민은 남자가 그곳에 서 있다는 것도 알아차리지 못했을 것이다. 그만큼 남자의 존재감은 희미했다. 희미…… 하다고 말하는 것도 과할 정도였다. 그는 투명했다. 투명하게 느껴졌다.

"철갑신창과의 싸움은 보았다. 철갑신창이라면 무림맹에서도 뛰어난 축에 드는 고수인데…… 그 철갑신창을 굉장히 쉽게 상대하더군."

남자는 커다란 방갓을 쓰고 있었고 품이 큰 넉넉한 장포를 입고 있었다. 소매는 널찍하고 길어서 손이 보이지 않는다. 그는 그 긴 소매를 흔들면서 그늘에서 걸어 나왔다.

"소천마는 잠들었나?"

암존이 물었다. 이성민은 딱딱하게 굳은 얼굴로 암존을 보았다.

암존은 이성민의 눈앞에, 그리 멀지 않은 거리를 두고서 서 있었음에도 여전히 투명하게 느껴졌다. 그것은 기묘한 감각이었다. 이성민의 뒤편에 서 있던 광천마도 긴장한 표정을 지었다.

"권존의 저주가 점점 강해지고 있는 모양이지? 초월지경의 무인에게도 저렇게까지 효과를 보이다니…… 후후! 권존 놈. 무공에 대해서 대단하다고 느낀 적은 없는데, 저주 분야는 인정해 줄 수밖에 없겠군."

"……너…… 누구냐?"

"천외천."

이성민의 질문에 암존은 숨기지 않고 자신의 소속을 밝혔다.

"육존자에 대해서는 소천마에게 들었나? 그중 하나인 암존이라고 한다."

운이 없다.

천외천의 사자와 언젠가는 만나게 될 것이라고 생각했다. 하지만 그것이 오늘이라고는 상상하지 못했다. 루베스의 남쪽 성문을 나선 지 이제 두 시간 정도 흘렀을 뿐이다.

"표정이 좋지 않군."

암존이 웃으며 말했다. 그는 쓰고 있던 방갓을 벗더니 옆에 내려놓았다.

"너무 두려워할 필요는 없다. 나는 널 죽일 생각이 없으니까. 조금 시험해 보고 싶을 뿐이야."

"시험?"

"나는 너를 높이 평가하고 있어. 재능 있고 가능성 있는 젊은 무인을 많이 만나보았지만…… 후후! 너만큼 대단한 씨앗은 본 적이 없다."

"볼일은…… 그게 전부인가?"

"그럴 리가 없잖나."

이성민의 질문에 암존이 웃음을 터뜨렸다. 그는 이성민의 뒤에서 잠들어 있는 위지호연을 보며 말했다.

"소천마를 데려가기 위함도 있지."

이성민의 얼굴이 차갑게 굳는다.

천외천, 육존자라는 이름을 들었을 때부터 광천마의 두 눈에는 붉은빛이 일렁거리고 있었다. 그는 성큼거리며 앞으로 나서면서 내뱉었다.

"검존은 오지 않았나?"

"광천마 벽원패."

광천마가 내뱉은 말에 암존의 눈이 광천마에게 향했다.

"10년 전에 검존에게 패배한 것을 아직 잊지 않은 모양이로군. 애석하게도 검존은 이곳에 오지 않았다. 새로이 심득이라도 얻은 것인지 폐관에 들어갔거든. 한데 검존은 왜 찾나? 10년 전의 설욕이라도 하고 싶은 건가?"

"가능하다면."

"불가능해. 네 실력으로는 검존에게 상처 하나 줄 수 없을 테니까."

암존이 껄껄 웃으며 말했다.

"나서지 마라. 천외천은 더 이상 너에게 관심이 없다. 10년이라는 세월이 흘렀음에도 초월지경에 들지 못했다면 그것이 한계인 것이고 운명인 것이다. 자격 없는 자에게 천외천은 결코 상냥하지 않다."

암존은 그렇게 경고하고서 이성민 쪽을 보았다.

"나는 소천마를 데리고 갈 생각이다. 가급적이면 소천마가 동의하여 따라와 주었으면 하는데…… 그렇게 일이 잘 풀리지는 않을 것 같군. 대답해 줘야 할 소천마가 잠들어 있으니까."

"보내지 않아."

"어째서?"

암존이 되물었다.

"너는 천외천이 무엇인지 아느냐? 우리가 왜, 무엇을 위해 소천마를 데려가려 하는지는 아느냐? 아무것도 모르는 주제에 무조건 막으려 드는 것인가? 생각해 봐라. 우리는 소천마를 몇 번이고 죽일 수 있었다. 하지만 죽이지 않았지."

"저주를 걸었으면서……!"

"그건 권존이 마음대로 벌인 일이야. 권존은 자신의 무공으로 소천마를 제압하지 못했다는 것에 많은 충격을 먹었거든."

암존은 표정 하나 바꾸지 않고 그렇게 대답했다.

"그래서 내가 이곳에 오게 된 것이지. 권존이 움직이지 못하게 되었으니까 말이야. 권존의 저주로 소천마는 약해졌다. 절정고수의 실력으로도 지금의 소천마를 손쉽게 죽일 수 있을 것이다. 하지만 소천마는 죽지 않고 루베스로 왔다. '왜'라고 생각하나?"

이성민은 대답하지 못했다. 암존도 이성민의 대답을 기대하고 질문한 것은 아니었기에 자신이 한 질문에 스스로 답했다.

"나는 소천마가 의식하지 못하는 새에 많은 일을 해주었다. 소천마를 알아보고 위협하기 위해 찾아오는 많은 이를, 소천마가 보지 않는 동안 죽여주었지. 소천마가 루베스까지 올 수 있었던 것은 내가 암중에 그녀를 보호했기 때문이다. 남쪽 성문에서 철갑신창과 시비가 걸린 것은 의도하여 내버려 두었다. 슬슬 소천마가 자신의 무력함에 절망해 주었으면 했거든. 설마 귀창, 네가 개입해서 소천마를 보호할 것이라고는 생각하지 못했다만."

"무슨 말을 하고 싶은 거냐?"

"딱히…… 우리는 소천마에게 큰 악의를 가지고 있지 않다는 것이다. 오히려 우리는 소천마를 위하고 있지. 너는 소천마가 어떤 운명을 가지고 있는지 아느냐?"

"뭐……?"

"모르는 모양이군. 너에게 설명할 필요는 없겠지. 그래도 잘 되었군. 서로의 이해가 일치하고 있잖아."

암존이 오른손을 가볍게 흔들었다. 널찍한 소매가 위로 올라가더니 암존의 오른손이 드러났다. 그는 손바닥만 한 크기의 비수를 들고 있었고, 그것을 보란 듯이 위로 들어 올려 흔들었다.

"나는 너를 시험하고 소천마를 데려가야 한다. 너는 그런 나를 막고 싶고. 아닌가?"

"권존은 어디에 있지?"

"알려줄 이유가 없지. 궁금한 것이 많은 모양이야. 알고 있나? 원하는 대답을 손쉽게 듣기 위해서는 상대보다 강해야 해. 너는 나보다 강한가?"

[합공해야 해.]

광천마가 내뱉었다. 자존심을 챙길 때가 아니었다. 눈앞에 있는 암존은 이성민이 여태까지 본 무인 중에서 최강이었다. 이성민 혼자서는 절대로 감당할 수가 없다.

'도와주실 겁니까?'

[해야지.]

광천마가 머뭇거림 없이 답했다. 광천마가 투기를 끌어올리는 것을 보면서 암존이 웃는 소리를 냈다.

"합공할 생각인가? 그것도 나쁘지는 않지. 그래…… 광천마,

네가 귀창과 합공한다면 너도 죽이지는 않으마."

자비를 베풀 듯하는 말에 광천마의 얼굴이 일그러졌다. 광천마의 머리카락이 위로 솟구쳐 올랐다. 이성민은 품 안에 손을 넣어 루비아를 꺼냈다.

"뭐, 뭐예요?!"

"위험할지도 모릅니다. ……위지호연을 데리고 있어주십시오."

루비아가 머뭇거리며 머리를 끄덕거렸다.

광천마는 암존의 움직임을 살피면서 조심스레 위지호연을 내려놓았다.

위지호연은 창백한 얼굴로 잠들어 있었다. 위지호연에게 다가간 루비아는 조심스레 위지호연을 품에 안았다.

"잡졸들이 볼까 신경 쓰이는군."

암존은 그렇게 말하면서 품 안에 손을 넣었다. 그가 꺼낸 것은 한 손에 들어오는 투명한 구체였다. 그것을 가볍게 흔들다가 암존은 하늘 위로 집어 던졌다.

파앗!

구체가 환한 빛을 뿜어내더니 주변을 휘감았다.

이성민과 광천마는 공간 자체에서 느껴지는 이질감에 당황하여 주변을 둘러보았다.

"놀라지 말게. 이 주변 공간을 차단한 것뿐이니까. 이쪽이 피차 편하지 않나? 남 시선을 신경 쓰지 않아도 될 테니."

암존은 그렇게 말하며 성큼성큼 다가왔다.

"이건 나 스스로 하는 약속이기도 한데. 너희 둘을 제압하지 않는 한 소천마에게 손을 대지 않겠다."

이성민은 그 말을 끝까지 듣지 않았다. 그는 전력으로 무영탈혼을 펼쳐 암존에게 달려들었다. 일보무흔이 잔상을 만들고 일보무영이 수십 개의 환영을 만들어낸다.

광천마도 멈춰 있지는 않았다. 광천마가 이성민의 뒤를 따라 달렸다. 전신에 시뻘건 강기를 휘감은 광천마는 걸음마다 땅을 뒤흔들었다.

저돌적이고 쾌속한 둘의 돌진 앞에서 암존은 움직이지 않고 서 있었다. 그는 오른손으로 잡은 비수를 가볍게 흔들었다.

쉭!

비수가 쏘아졌다. 그것은 빠르게 암존과의 거리를 좁히던 이성민의 오른발, 그곳의 바로 앞에 떨어졌다.

꽈아아앙!

지면이 폭발했다. 땅 거죽이 뒤집히면서 이성민의 몸이 뒤로 휘청거렸다. 뿌연 흙먼지가 사방으로 흩어진다. 이성민은 당황하지 않고 창을 크게 휘둘러 흙먼지를 흩뜨렸다.

"윽……!"

이성민의 몸이 멈칫 굳었다. 육감의 경고, 그것보다도 빠르게 사방에서 쏘아진 비수가 이성민의 몸을 스쳐 지나갔다.

파바박!

땅에 박힌 수십 개의 비수를 보면서 이성민은 가늘게 몸을 떨었다. 흙먼지의 너머에서 암존이 던진 비수는 이성민의 몸을 아슬하게 스치고 지나갔고, 이성민이 두르고 있는 호신강기는 비수의 궤적을 흩뜨리지도 못했다.

"일부러 안 맞힌 거야."

암존이 텅 빈 손을 흔들며 말했다. 어느새 암존은 손바닥만 한 원반을 들고 있었다.

그것을 검지에 끼우고 빙글빙글 돌리던 암존은 지척까지 다가온 광천마를 힐긋 보았다.

"흡!"

광천마가 내지른 일장이 암존을 향해 폭사했다. 하지만 암존의 몸은 연기처럼 흔들리더니 사라졌다.

어느새 광천마의 곁에 선 암존은 사뿐한 걸음으로 광천마의 곁을 지나쳤다. 광천마는 얼굴을 일그러뜨리며 암존을 향해 주먹을 휘둘렀다.

이번에도 마찬가지였다. 암존은 두 눈에 보이지만 실체가 없는 허깨비 같았다.

광천마가 휘두른 주먹이 암존에게 닿을 때마다 암존의 몸은 연기가 되어 사라졌다.

[격이 다르군.]

허주가 감탄하여 말했다. 이성민은 땅에 박힌 비수를 뛰어넘어 다시 암존에게 달려들었다. 그쪽을 힐긋 본 암존은 손가락으로 빙빙 돌리고 있던 원반을 날렸다. 그것은 맹렬하게 회전하면서 공중을 갈랐고, 아무런 소리를 내지 않았다.

호선을 그리며 날아온 원반이 이성민을 노린다. 이성민은 원반을 향해 창을 쏘아냈다. 하지만 원반은 창에 꿰뚫리지 않았다. 닿으려는 순간, 원반의 궤적이 바뀌었다. 그것은 허공을 부드럽게 선회하면서 이성민의 목덜미를 스치고 지나갔다.

피슉!

얇게 베인 피부에서 피가 흐른다. 이성민은 흠칫 놀라 손을 들어 목덜미의 상처를 감쌌다. 더 깊게 베였더라면 치명상을 입었을 것이다.

죽이지 않는다.

암존이 말한 대로였다.

이성민의 목을 스치고 간 원반은 암존의 손을 떠났음에도 계속해서 회전하며 이성민의 주변을 맴돌았다. 그러는 동안 암존은 가까이 붙은 광천마를 상대하고 있었다.

암존의 양손에는 길쭉한 송곳이 쥐어져 있었다. 광천마의 혈환신마공은 패도적인 강기공이었으나, 그 거친 무공은 허깨비처럼 흔들리는 암존을 위협하지 못했다.

흔히들 아는 사실이다. 암기와 독을 가장 잘 다루는 것은 정파의 사대세가 중 하나인 당가다.

당가의 무인은 어린 시절부터 암기와 독을 다룬다. 서로 다른 차원, 서로 다른 무림에서 온 당씨 성을 가진 무인들은 각자 가진 절기가 다르고, 그것은 에리아에서 융합되었다.

대부분의 가문과 문파의 무공이 그러하듯 서로 융합된 절기는 기존의 무공보다 훨씬 뛰어나다.

한때 암존은 당씨 성을 가지고 있었다. 출신이 미천하여 당가의 가주가 되지는 못했지만 당시의 당가에서 암존보다 암기를 잘 다루는 이는 하나도 없었다.

그는 독공은 마음에 들지 않아 익히지 않았으나 암기만큼은 그 누구보다 뛰어났다.

당씨 성을 버리고 당가를 떠났을 때, 암존은 당가의 모든 암기술을 익히고 있었고, 당씨 성을 가진 이 중 그 누구도 암존을 막지 못했다.

오래전의 이야기다.

천외천의 육존자에 소속된 후로 암존의 암기술은 더욱 발전했다.

암기라는 것은 단순히 투척하는 것이 전부가 아니다. 암기 자체를 다루는 모든 기술이 암기술이다.

암기라는 것은 은밀하고 확실하게 상대를 죽일 수 있어야 한다. 그렇기에 암존의 암기는 일격필살이며 상대의 호신강기를 파괴하는 것에 특화되어 있다.

이성민과 광천마는 허깨비처럼 움직이는 암존을 쫓을 때마다 초월지경이라는 것이 얼마나 먼 곳에 있는 경지인지 절감하고 있었다.

광천마는 이를 악물고서 전신에 두르고 있던 강기를 크게 부풀렸다.

쫘아앙!!

붉은 폭풍이 일어났다. 폭풍의 중심에 선 광천마는 발을 크게 들어 땅을 내리찍었다. 지면이 뒤흔들리더니 강기의 폭풍이 맹렬한 회전을 시작했다.

그것은 실체가 있는 죽음의 폭풍이었다. 누구라도 이곳에 폭풍의 안으로 들어온다면 온몸이 갈기갈기 찢겨 죽어버릴 것이다.

암존은 폭풍의 안에서도 평온했다. 암존의 장포가 쉼 없이 펄럭거리기는 했지만 그의 얼굴에는 아무런 동요도 없었다. 광천마는 그런 암존의 얼굴을 노려보면서 양손을 활짝 펼쳤다.

혈환신마공의 오의인 혈환광풍이 펼쳐졌다. 그 순간에 암존이 움직였다. 쉭 하고 사라진 암존의 몸은 광천마의 코앞까지 다가와 손에 쥔 송곳을 빙글 돌렸다.

푸욱!

호신강기를 두부처럼 꿰뚫고 들어간 송곳이 광천마의 어깨를 찍었다.

"큽!"

하지만 광천마는 멈추지 않았다. 그는 급히 왼손을 뻗어 암존의 어깨를 움켜잡았다.

암존은 어깨를 잡은 광천마의 손을 힐긋 보더니 반대쪽 손에 쥔 송곳을 휘둘렀다. 코앞에서 쏘아낸 공격을 광천마는 피하지 않았다. 그는 커다란 고함을 지르면서 암존의 어깨를 뜯어내려 했다.

푸욱!

암존의 송곳이 광천마의 옆구리를 꿰뚫는다.

죽이지 않는다고 했다. 지금도 암존은 그럴 생각이었고 광천마의 옆구리를 꿰뚫은 송곳은 장기를 교묘하게 피해갔기에 치명상이라고 할 수는 없었다.

그리고 혈환광풍이 폭발한다. 공간을 통째로 뒤흔든 폭음과 함께 붉은 강기가 사방을 휩쓸었다. 하지만 암존은 상처 하나 없는 모습이었다.

암존은 몸에 튄 흙먼지를 툭툭 털면서 광천마를 보았다. 어깨와 옆구리에 핏줄기를 흘리는 광천마는 살의가 가득한 눈으로 암존을 노려보고 있었다.

그 순간이었다. 암존의 뒤에서 이성민이 튀어나왔다. 이성민은 맹렬하게 회전하는 창을 암존의 등을 향해 쏘아냈다.

이번에도 암존은 허깨비가 되었다. 이성민은 이를 악물고서 쏘아낸 창을 옆으로 돌렸다.

그곳에 있던 암존이 피식 웃으면서 손을 휘둘렀다.

쩌엉!

흔들린 소매와 이성민의 창이 부딪친다. 이성민은 양손을 밀어내는 압박감에 이를 악물었다. 창끝이 바르르 떨리더니 분뢰추살과 혈류추살이 동시에 펼쳐진다.

"혈환신마공이로군."

암존은 머리를 끄덕거리며 손을 흔들었다.

파바바박!

소매 안쪽에서 쏘아진 수십 개의 비수가 분뢰추살의 창로를 모조리 가로막았다.

이성민은 허무하게 흩어지는 강기를 보면서 눈을 부릅떴다.

발을 뻗는다. 이보접살이 만들어내는 무영탈혼의 강기와 혈환신마공의 혈환파쇄가 결합되었다. 그것은 고작 두 걸음 만에 이성민의 눈앞을 촘촘한 강기로 뒤덮었다.

암존이 오른 소매를 걷어 올렸다. 널찍한 소매에 가려져 있던 것은 거무튀튀한 완갑(腕甲)이었다. 팔뚝을 통째로 감싸고 있던 완갑에서 '철컥' 하는 소리가 났다.

암존이 오른팔을 크게 휘둘렀다.

촤아악!

암존을 덮치던 강기가 통째로 베어졌다. 암존은 팔뚝에서 튀어나온 칼날을 다시 완갑 안에 집어넣고서 왼손을 흔들었다.

파바바바박!

수십 개의 암기가 쏘아졌다. 그것은 손톱만 한 크기의 쇠구슬이었다.

이성민은 즉시 이보유련을 펼쳐 폭사한 구슬의 궤적을 바꾸었다.

암존의 등 뒤에서 광천마가 달려들었다. 상처를 입기는 했으나 치명상은 아니었고, 몸을 움직이는 것에 큰 장애는 없었다. 그는 활짝 펼친 큰 손을 순차적으로 뻗으면서 강기를 쏘아냈다.

암존은 그 자리에서 빙글 돌면서 왼손을 움직였다. 그의 왼손가락 사이에는 새의 발톱처럼 구부러진 암기가 끼워져 있었다.

콰드드득!

그것은 발톱으로 고깃덩이를 찢는 것처럼 광천마가 쏘아낸 강기를 통째로 뜯어냈다. 그렇게 만들어진 공백을 향해 암존이 발을 뻗었다. 그러면서 휘두른 왼손을 다시 반대 방향으로 튕긴다. 손가락 사이에 끼워져 있던 구부러진 암기가 광천마를 향해 날아갔다.

"크흡!"

광천마는 호신강기를 부풀렸으나 강기를 찢어버리던 암존의 암기는 호신강기째로 광천마의 몸을 꿰뚫었다. 광천마는 꿰뚫린 상처에서 피를 뿜으며 비틀거렸다.

이성민은 고함을 지르며 구룡살생과 혈환신마공의 삼초, 혈아육탐(血牙肉貪)을 더했다.

아홉의 용이 회전하는 송곳니를 가지고서 암존을 죽이려 들었다.

"흠."

암존은 흐뭇한 표정을 지으면서 머리를 끄덕거렸다. 생각했던 대로, 아니, 그보다 더 좋다. 이성민이 보여주는 무위는 암존을 즐겁게 했다.

스물넷이라는 나이에 저토록 뛰어난 무위에 도달했다는 것은 앞으로 가능성이 충분하다는 뜻이다.

10년 정도면 될까? 지금처럼 성장하고 맞닥뜨린 벽에 절망하여 좌절하지 않는다면 초월지경에 들어설지도 모른다.

'하지만 지금은 아니지.'

암존의 손이 허리를 더듬는다. 암기라는 것은 단순히 던지는 것만이 아니다. 암기는 은폐 무기이고 그 본질은 상대가 알지 못하도록 숨겨져 있다는 것에 있다.

허리를 더듬던 암존은 요대 뒤편에 숨겨두었던 검은 채찍을 잡았다.

암존이 가지고 있는 다양한 암기 중에서 꽤나 아끼고 있는 것으로, 여태까지 이것을 휘둘러 실망했던 적은 한 번도 없었다.

암존이 힘을 주어 채찍을 휘두르자 혈아육탐과 구룡살생이 채찍과 부딪혀 흩어졌다.

"덜 여물었기를 바란다."

암존이 소곤거렸다. 채찍이 다시 휘둘러졌다. 그것은 등 뒤에서 덮치던 광천마를 갈겼다. 광천마의 거구가 하늘을 팽그르 돌더니 땅으로 추락했다.

"어르신!"

"죽이지 않았어."

절명섬.

이성민이 펼칠 수 있는 가장 빠른 초식이었으나 암존이 엄지를 튕기는 것이 더 빨랐다.

푸욱!

이성민의 오른쪽 어깨 관절이 암존이 쏘아낸 암기에 꿰뚫렸다.

연달아서 암존이 손끝을 튕겼다.

푸푸푹!

몸을 지탱하고 있던 오른쪽 다리가 암기에 연달아 뚫린다. 이성민의 몸이 앞으로 쓰러졌다.

"10년이라는 시간 동안 초월지경에 들지는 못했어도…… 초절정 중에서 극에 가까울 정도로 단련하였군. 그것에는 경의를 표하마."

암존은 등 뒤에 쓰러져 있는 광천마에게 말했다. 광천마는 부러진 왼쪽 어깨를 잡고서 비틀거리며 몸을 일으키려 했다.

이성민도 마찬가지였다. 그는 움직이지 않는 다리를 대신하여 창으로 몸을 지탱했다.

[무리다.]

허주가 내뱉었다.

[네 실력으로는 아무리 개발악을 해도 놈을 이길 수 없다. 격이 달라.]

안다. 싸우기 전부터 알고 있었다. 암존은 지금 이성민의 실력으로는 결코 쓰러뜨릴 수 없는 강적이었다. 이성민과 비슷한 실력을 가진 광천마가 합공하고 있었음에도 암존에게 상처 하나 입히지 못했다.

[뭘 믿고 있는 거냐? 네 가슴에 박힌 심장을 믿고 있는 거냐? 그래, 여태까지 그 심장은 네가 위기일 때마다 적절한 도움을 주었지. 네가 정신세계에서 도달한 무위를 몸으로 재현

할 수 있도록 네 몸을 진화시켜 왔어. 하지만 확신은 있냐? 여태까지 그랬던 것처럼 그 심장이 죽음을 피해 네 몸을 진화시킬 것이라는 확신이 있냔 말이다.]

검은 심장을 믿고 덤빈 것은 맞다. 여태까지…… 이성민은 몇 번이나 죽을 뻔했다. 그럴 때마다 심장은 이성민이 살아남게 하기 위해 몸을 진화시켰다. 오랜 시간 이성민을 얽매고 있던 심, 기, 체의 엉킴도 검은 심장 덕분에 풀어낼 수 있었다.

하지만 암존은 이성민을 죽이려 하지 않고 있다. 이성민은 암존을 죽이기 위해 발악하고 있었으나 암존은 다르다.

그는 굉장히 여유로웠고, 이성민과 광천마의 합공을 어린아이 상대하듯이 받아넘기고 있었다.

[네가 여태까지 운이 좋아 계속해서 심득을 얻고 살아남았다고 해도, 이번에도 그럴 것이라는 보장은 없단 말이다. 그러니까……]

'내놔.'

이성민은 거친 숨을 내뱉으며 말했다. 그는 욱신거리는 오른쪽 다리를 노려보았다.

'네 요력을 넘겨라.'

[……뭐?]

'요력을 넘기란 말이다.'

[쓰고 싶지 않은 것 아니었나? 요력은 위험한 힘이고, 인간

인 너를 인간이 아니게 만들지도 모른다.]

허주가 경고했다. 이성민도 잘 알고 있었다. 인외가 되어 어떤 모습이 되고 어떤 생각을 하게 될지 몰라서, 그래서 이성민은 던전 이후로 요력을 쓰는 것을 피해왔다.

'상관없어.'

여기서 암존을 막지 못한다면 위지호연을 빼앗기게 된다.

싫다.

천외천이 무엇을 추구하는 단체인지는 모른다. 육존자가 왜 위지호연을 데려가려는 것인지, 암존이 왜 위지호연을 보호했던 것인지 모른다.

하지만 모르는 것만 있는 것은 아니었다.

위지호연은 천외천에 들어가는 것을 싫어한다. 이성민은 위지호연을 빼앗기고 싶지 않았다.

그 둘이면 충분했다.

'넘겨……!'

[쯧……!]

허주는 웃지 않았다. 궁지에 몰린 이성민에게 요력을 빌려주는 것이 내키지 않아서가 아니었다. 단지, 요력을 사용한다고 해도 이성민이 암존을 상대로 이길 수 있을 것인가에 대한 확신이 없기 때문이었다.

이성민은 인간이다. 단전 깊은 곳에 허주의 요력이 심어져 있다고는 하나, 저것만으로 지금 당장 요괴로 변이하는 것은 아니다.

요력을 사용하면 사용할수록 단전 밑바닥에 고인 요력이 진해질 것이고 언젠가 이성민의 몸을 요괴로 변이시킬 것이다. 그러기 위해서는 제법 긴 시간이 필요하다.

[인간인 너는 이 어르신의 요력을 모조리 사용할 수 없다. 던전에서처럼 네놈의 힘을 증폭시켜 줄 수는 있겠지만…… 그것으로 저놈을 이길 수 있을지는 모르겠군.]

허주가 확신 없이 말할 정도로 암존은 강했다. 하지만 이성민은 그 말을 듣지 않았다.

쿠르르릉!

마갑이 뒤흔들리더니 허주의 요력이 솟구쳐 올랐다. 시뻘건 불꽃처럼 거세게 흔들리던 요력이 자주색으로 물들었다. 이성민을 보던 암존의 눈이 크게 떠졌다.

"뭐냐, 그건?"

허주의 요력은 암존을 조금 놀라게 할 정도로 불길했다.

이성민은 대답하지 않았다. 대답할 수가 없었다. 심장이 미친 듯이 뛰고 있었다. 머릿속에서 삐이익- 하는 이명이 울린다.

움직이지 않던 오른쪽 다리의 상처는 이미 아물어 있었다. 이성민은 몰아쉬던 호흡을 삼키고 이를 뿌득 갈았다.

'내'가 내가 아니게 된 기분이었다. 핑핑 돌던 정신이 안정되고 흔들리던 시야가 고정된다. 놀란 표정으로 선 암존이 시야 한가운데에 잡혀 있었다.

"끄으으……!"

이성민이 끌어낸 요력의 여파는 광천마에게도 찾아왔다. 광천마의 두 눈에서 핏줄이 돋기 시작했다.

상처가 아문 것은 광천마도 마찬가지였다. 귀신처럼 솟구쳐 오른 머리카락이 흔들리면서 광천마에게서 불길한 요력이 흘러나왔다.

"허어."

요력을 뿜어대는 이성민과 광천마의 사이에 선 암존은 둘을 돌아보면서 헛웃음을 흘렸다.

"요마(妖魔)의 힘이로군. 이거 참……."

암존은 그렇게 중얼거리며 양손을 흔들었다. 양손 가득 비수를 든 암존의 눈이 가늘어졌다.

"잡스러운 요마의 힘까지 빌리겠다는 거냐?"

암존이 내뱉은 목소리에 진한 경멸이 어려 있었다.

암존은 저런 사이하고 불길한 힘을 그리 좋아하지는 않았다. 천외천에도 마공을 익힌 이들은 있었으나 마공이 불러오는 심성의 악함과 요마의 악함은 근본적으로 다르다.

스스로를 프레데터라고 말하는 늙은 괴물들은 천외천의 오랜 적이었고, 암존도 지금까지 살아오면서 수많은 인외를 이

손과 암기로 죽여왔다.

"가능성이 있는 놈인 줄 알았더니. 요마 따위의 힘에 의존하다니!"

암존이 노성을 터뜨렸다.

이성민의 귀에서 암존의 목소리는 아주 멀게 느껴졌다. 이런 식으로 직접적으로 요력을 끌어다 쓰는 것은 던전 이후로 처음이었으나 그때 느꼈던 기분과는 사뭇 다른 기분이었다.

광천마는 이성을 잃었다. 몇 달 만에 찾아온 광증은 그를 난폭한 짐승으로 만들었다. 광천마는 사자후를 터뜨리며 암존을 향해 뛰어들었고 암존은 주저하지 않고 양팔을 떨쳤다.

파바바박!

널찍한 소매가 펄럭거리더니 수십 개의 비도가 광천마를 덮쳤다. 하지만 광천마의 호신강기는 이전과는 비교할 수 없이 강력해져 있었다.

바로 곁에 광천마가 가진 요력의 근원인 허주가 있다. 그 덕에 광천마는 예전에 광란했을 때보다 더 진한 요력에 물들어 있었다.

쫘아앙!

암존이 날린 비도가 광천마의 돌진과 충돌했다. 광천마의 기세가 조금 누그러들기는 했으나 그는 다시 저돌적인 맹진을 시작했다.

"놈!"

암존은 광천마가 어떤 상태인지 알았다. 인간이 요마의 힘을 끌어 쓰는 것의 반작용이다.

철컥!

암존의 오른팔을 감싼 완갑에서 예리한 칼날이 솟구쳤다. 그는 유령처럼 신출귀몰한 보법을 밟으며 광천마와의 거리를 좁혔다.

싸아악!

암존의 참격에 광천마의 호신강기가 절단 나고 가슴에서 피가 솟구쳤다. 이 상황에서도 암존은 죽이지 않겠다는 말에 충실하고 있었다.

덕분에 광천마의 상처는 얕았다. 비틀거리던 광천마는 허리를 튕기더니 양팔을 활짝 펼쳐 암존을 잡으려 들었다.

암존은 눈을 부릅뜨고 상체를 움직였다.

파바박!

길게 뻗은 암존의 손끝이 광천마의 몸을 두드렸다. 보이지 않을 정도로 빠른 점혈의 수법이었다.

"크르르!"

하지만 먹히지 않는다. 제압하기 위해 확실히 혈도를 눌렀음에도 광천마의 몸은 멈추지 않는다.

암존은 혈도를 눌렀을 때 전해진 저항감에 조금 당황했다.

그렇다고 해서 광천마에게 당해주는 것은 아니었다. 암존은 활짝 펼친 양손을 모았다. 그의 손 사이에 무형의 기운이 일렁거렸고 암존은 광천마의 가슴을 향해 그것을 쭉 밀어냈다.

후우웅!

광천마의 옷깃이 크게 부풀더니 그의 몸이 뒤로 쭉 날아갔다. 한참이나 날아간 광천마를 향해 암존이 손을 휘둘렀다. 암존이 날린 금속의 고리들은 허공에서 분리되더니 광천마의 팔다리를 구속했다.

그런 암존의 뒤를 향해, 이성민은 걸음을 뻗었다.

미친 듯이 뛰는 심장이 피를 빨리 돌린다. 안에서 느껴지는 구토감은 역겨운 쾌감으로 변질되어 있었다.

암존은 뒤를 돌아 이성민을 보았다. 이성민은 자신을 보는 암존과 먼 곳에서 구속구를 뜯어내기 위해 발악하는 광천마와 루비아가 돌보고 있는 위지호연을 보았다.

위지호연은 아직 잠에서 깨어나지 않았다. 주변에서 경천동지할 싸움이 일어나고 있었으나 그녀의 수면은 깊고 진했다. 새근거리는 숨소리와 작게 들썩거리는 위지호연의 가슴팍을 확인한 뒤에 이성민은 암존을 직시했다.

[알아둬라. 요력을 쓴다고 해서 놈을 이길 수 있다는 보장은 없다.]

허주가 경고했다. 이성민도 그 사실을 알았다.

요력을 사용하면서 난폭한 힘과 강인한 육체, 인간을 초월한 회복력을 얻기는 했다. 그렇다고 해도 암존은 초월지경의 강자. 절대적인 불리함을 간신히 비슷할 정도로 끌어올린 것에 지나지 않는다.

"요마의 힘은 인간을 파괴한다."

이성민을 노려보던 암존이 내뱉었다.

"이 세상에 편리하게 얻을 수 있는 힘이라는 것은 없다. 힘이라는 것에는 반드시 대가와 책임이 뒤따른다. 너는 그를 모르는 것이냐!"

안다. 인외의 힘에 손을 대었다가 몰락한 이들은 이미 보아 왔다. 단지 지금 상황에서 그것을 따지고 싶지 않을 뿐이다. 이성민은 암존과 대화하려 들지 않았다.

쫘앙!

이성민이 밟은 보법이 순식간에 암존과의 거리를 좁힌다. 이성민은 좁혀지는 거리가 0이 되기 전 자신에게 최적의 거리에서 창을 휘둘렀다.

요력의 힘이 더해진 추혼일살은 맹렬했고 혈환파쇄는 패도적이었다. 이보겁살은 이성민이 펼치는 모든 무공과 몸놀림을 받쳐 주면서 암존의 움직임을 차단했다.

암존은 정면에서 찌르는 창을 피하지 않았다.

카가가각!

암존이 완갑에서 꺼낸 칼날이 창과 부딪힌다. 이성민은 창을 잡고 있던 왼손을 놓고서 혈환신마공을 불어넣었다.

혈환신마공의 사초, 폭뢰파쇄(爆雷破碎). 체내에서부터 모든 것을 파괴하는 초식이다.

암존은 두 눈을 부릅뜨고서 마주 손을 뻗었다.

콰아아앙!

폭뢰파쇄의 강기가 사방으로 튀었다. 암존은 왼쪽 손목이 조금 욱신거리는 것에 놀랐다.

'아무리 요마의 힘을 썼다고 하여도 이렇게까지……!'

무공의 위력만 본다면 초월지경이라 하여도 좋을 정도다.

그렇다고 해서 암존이 이성민에게 밀리는 것은 아니다. 암존은 맞닿은 손을 빙글 돌렸다. 손은 뱀처럼 이성민의 손목을 타고 올라가면서 손끝을 세워 팔뚝을 두드렸다.

스며들어 온 내공이 이성민의 기혈을 파괴했다. 순간 왼팔에 힘이 쭉 빠졌고, 이성민은 창을 돌려 치면서 암존을 밀어냈다.

우둑! 우두둑!

부러진 팔뚝의 뼈가 강제로 맞춰진다. 파열된 근육도, 찢어진 기혈도. 모든 상처가 순식간에 재생되었다.

"인간이 아니구나!"

암존이 고함을 질렀다.

쿠구구궁!

암존의 발아래에서 시커먼 강기가 솟구쳤다. 암존은 발을 크게 들어 땅을 내리찍었다.

꾸우웅!

지면의 높이가 낮아졌다. 이성민의 몸이 기우뚱 흔들리자 암존은 허공을 향해 발을 뻗었다.

그것은 경이적인 광경이었다. 아무것도 없는 허공인데, 암존은 허공을 뛰었다. 허공답보로 허공을 자유로이 뛰던 암존은 이성민의 머리를 향해 발을 휘둘렀다.

쉬익!

발끝에서 날카로운 칼날이 튀어나와 이성민의 얼굴을 할퀴려 들었다. 이성민은 기우뚱거리던 몸에 힘을 풀어 뒤로 젖혔다.

암존이 휘두른 발이 이성민의 코끝을 아슬하게 스쳤고, 이성민은 양손으로 잡은 창을 땅으로 내리찍어 몸을 지탱했다.

쉬익!

그것을 봉처럼 사용하여 몸을 날린다. 이성민의 두 발이 허공을 뛰던 암존을 공격했다.

암존의 모습이 연기가 되어 사라졌다. 또 그 유령 같은 보법이다.

허공을 발로 걷어찬 이성민은 땅에 발을 대고서 창을 앞세

위 몸을 날렸다. 극쾌의 절명섬이 펼쳐진다.

지상에 내려온 암존은 몸을 꿰뚫으려 하는 창끝을 보며 혀를 찼다. 암존은 왼팔에 감아두었던 채찍을 꺼냈다.

까아앙!

유연한 채찍과 창이 부딪힌 것이라고는 생각할 수 없는 소리가 났다.

이성민은 위로 들린 창을 아래로 내린다. 절명섬으로는 위력이 부족하다.

공도는?

강기공이라면 공도가 효과적이겠지만 암존의 채찍은 빠르고 날카롭지만 강기를 두른 것은 아니다.

분뢰추살과 혈류추살. 흩어진 창격과 강기가 만나 수백 개의 공격을 만들어낸다.

암존의 두 눈이 싸늘하게 젖었다. 암존의 손이 천천히 움직인다. 느릿하게 움직인 손은 수많은 잔상을 만들었고 마치 수십 개의 손이 동시에 움직이는 것처럼 보였다. 그렇게 만들어낸 손의 잔영이 각각 다른 암기를 든다.

파바바박!

쏟아진 암기가 분뢰추살과 혈류추살을 모조리 파훼했다. 그리고 더. 암존이 앞으로 걷는다.

암존은 양 검지에 날이 선 고리를 빙글빙글 돌렸고, 손목을 가볍게 휘둘러 그것을 공중으로 날려 보냈다.

끼이이잉!

날아가는 두 개의 고리가 회전하면서 듣기 거북한 소리를 발했다. 그것은 단순한 소리가 아니라 음공(音攻)이었다. 서로 다른 소리가 맞물리면서 정신을 뒤흔든다.

하지만 이성민의 정신은 흔들리지 않았다. 그는 바쁘게 두 눈을 움직여 날아오는 고리의 위치를 확인했고, 정확하게 창을 쏘아냈다.

'광천마와는 경우가 다르군.'

암존이 품 안에 손을 넣었다. 빠져나온 왼손은 시커먼 장갑을 끼고 있었는데, 다섯 손가락의 끝에는 보이지 않을 정도로 가느다란 은사(銀絲)가 흐느적거리고 있었다.

암존이 손을 휘두르려 할 때 허주가 고함을 질렀다.

[막아라!]

허주가 외치기도 전에 이성민은 방어를 준비하고 있었다. 굳건하게 세운 호신강기. 오리하르콘으로 만들어진 마갑은 견고하고 호신강기를 증폭시킨다.

이성민은 창을 가슴 앞으로 당기며 몸을 방어했다. 암존의 왼손이 휘둘러졌다.

카가가각!

지면이 두부처럼 베어졌다. 힘없이 흐느적거리던 다섯 줄기의 은사는 암존의 내공을 받아 이 세상 모든 것을 베어낼 정도로 예리한 참격을 만들어냈다.

공격이 스친 마갑의 오리하르콘 코팅이 찢겼다. 오리하르콘 통짜로 만든 창에도 깊은 흠이 만들어졌다.

'이성을 잃지 않았어. 오히려 놀라울 정도로 이성적이로군……. 믿기지 않는다. 요마의 힘을 사용하면서 어떻게 이성을 유지하고 있단 말인가?'

머릿속이 핑핑 돈다. 공수를 나누면 나눌수록 이성민은 천외천의 육존자가 얼마나 경이적인 힘을 가진 존재들인지 알아가고 있었다.

아직까지 이성민은 암존에게 상처 하나 입히지 못했다. 암존은 많은 여유를 두고 있었고 이성민을 상대하면서 살초는 조금도 쓰고 있지 않았다.

'내가 너무 약해.'

스스로의 약함을 절감하는 것은 오랜만이었다. 허주의 요력까지 쓰고 있다.

심장은 계속해서 뛴다.

나는 더 강한 것을 보았는데. 나는 더 강했었는데.

아득해지는 정신 속에서 이성민은 위지호연을 떠올렸다. 위지호연을 보내고 싶지 않다. 약해진 위지호연을 저들에게 보내고 싶지 않다.

구룡살생을 펼쳤으나 암존의 은사에 찢긴다. 복사백탐은 채찍에 가로막힌다. 분뢰추살은 투척 암기에 파훼되고 추혼일살은 완갑의 칼날에 가로막힌다.

더 강한 무공을 써야 한다.

지금이라면 할 수 있을까?

심, 기, 체의 어그러짐은 바로잡았다. 내공은 여유가 있었고 요력은 가득했다. 육체는 강인해졌다. 이성민은 이를 악물고서 창을 잡은 손에 내공과 요력을 쏟아부었다.

어마어마한 힘이 유입되자 오리하르콘으로 만든 창이 거칠게 진동했다.

창을 잡은 악력에 여유를 두고 손끝을 튕긴다. 손안에서 창이 회전하기 시작한다. 유입된 내공과 요력이 흘러넘쳐 회전의 격류에 말려들어 간다.

느리게 시작한 회전은 흡사 정지한 것이 아닐까 싶을 정도로 빨라졌고 공간 자체가 회전에 공명하여 주변을 일렁거리게 만든다.

"호오!"

암존은 회전하는 창을 보면서 탄성을 질렀다. 요마의 힘을 쓰는 것은 마음에 들지 않지만…… 무공만큼은 인정해 주고 싶었다.

요마에 진하게 물들었다면 약속한 것을 어기고 죽일까 하였지만 암존은 확실하게 마음을 정했다. 여기서는 절대로 이성민을 죽이지 않는다. 아직 천외천에 데려갈 정도는 아니었지만, 이성민의 가능성은 진짜다.

회전은 멈추지 않는다. 요력과 내공은 계속해서 유입되고 있다.

더 빨리.

이성민은 숨을 몰아쉬었다. 이 초식은 아홉 개로 이루어진 구천무극창의 칠초.

위력은 확실하지만 현실에서 써보는 것은 처음이었고 시간만 주어진다면 그 위력이 끝없이 상승한다. 반대로 적절한 시간을 들이지 않는다면 원하는 만큼의 위력을 낼 수가 없다.

'조금만 더.'

암존은 장갑을 벗었다. 대신에 그가 꺼낸 것은 특색 없어 보이는 접선(摺扇)이었다.

암존이 손을 흔들자 접선이 활짝 펼쳐졌다. 그는 새하얀 접선을 가슴 위치에 세우고서 이성민을 향해 다가갔다.

지금.

구천무극창 칠초(七招), 관천(貫天).

이성민이 창을 쏨과 함께 맹렬하게 회전하던 요력과 내공이 폭발했다.

공간이 순간 새하얗게 물들었다. 정도를 벗어난 이 어마어마한 힘은 암존이 만들어낸 차단 결계를 으스러뜨렸고 공간을 진동시켰다.

암존은 덮쳐 오는 패도적인 무공에 탄성을 터뜨렸다. 더더욱 죽일 수 없게 되었다.

그는 접선을 크게 휘둘렀다. 접선의 중앙에서 눈 부신 빛이 터져 나오더니 관천과 충돌했다.

꽈아앙!

세상이 무너지는 것 같은 끔찍한 소리가 났다. 날뛰는 요력과 내공의 폭풍 속에서도 접선은 흔들리긴 하였어도 찢어지지 않았다.

암존은 접선을 휘둘러 춤을 추었다. 관천이 흩어진다. 내공과 요력의 결합이 서로 떨어져 나가면서 주변에 밀도 있는 안개를 만든다.

"훌륭했……."

암존이 말을 끝내기도 전이었다. 관천이 가로막힌 것을 확인한 순간 이성민은 걸음을 내지르고 있었다.

무영탈혼 오식(五式), 삼보필살(三步必殺).

안개가 들끓는다. 흩어진 내공과 요력이 삼보필살의 지배를 받는다.

덮쳐 오는 내공과 요력의 폭풍에 암존의 얼굴이 굳었다.

"……음."

주변이 너무 소란스러웠던 탓일까.

위지호연이 눈을 떴다. 눈을 뜬 위지호연은 가만히 눈을 깜박거렸다.

눈꺼풀이 무거웠고 몸 안은 쥐새끼가 갉아먹는 것 같은 꾸준하고도 끔찍한 고통이 이어져 오고 있었다. 위지호연은 목구멍까지 올라온 신음을 간신히 삼켰다.

"괘…… 괜찮아요?"

위지호연의 안색을 살피는 루비아의 목소리는 덜덜 떨리고 있었다. 그렇게 말할 수밖에 없었다. 깊이 잠들어 있던 위지호연과는 다르게 루비아는 모든 것을 보고 있었다.

주변은 폐허였다.

관천은 암존에게 가로막혔으나 이성민은 그것을 바로 삼보필살로 이어가는 것에 성공했다.

삼보필살은 무영탈혼의 걸음 중에서도 가장 난폭하고 위력적인 것으로, 흐름을 뒤틀고 폭주시키는 것이기에 눈으로 보고서도 막기가 힘들다.

실제로 그랬다. 암존은 피투성이가 되어 바닥에 널브러져 있었다. 초월지경에 오른 절대고수인 암존이, 이성민의 무공에 대응하지 못하고서 저런 상처를 입은 것이다.

"우웩!"

이성민은 몸을 숙여 붉은 피를 토했다. 술에 잔뜩 취한 것처럼 시야가 흔들리고 있었다.

그는 연거푸 피를 토한 뒤에 간신히 머리를 들었다. 몸에 힘이 제대로 들어가지 않았으나 이성민은 필사적으로 창을 잡은 손에 힘을 불어넣었다.

아직 끝나지 않았다. 무리하여 관천과 삼보필살을 이은 것은 좋았고, 암존을 위협하는 것에는 성공했다. 하지만 암존을 죽이지는 못했다.

이성민은 이를 악물고서 걸음을 뗐다.

이성민은 전력을 다하고 있었다. 헤이스트와 스트렝스 같은 보조 마법은 전투가 시작되었을 때에 이미 걸어두었고, 허주의 요력까지 끌어 썼다.

암존에게 간신히 입혀둔 상처가 얼마나 중하게 먹혀들어 갔는지는 알 수 없었으나, 지금이야말로 암존과의 싸움에서 간신히 도달한 최초의 기회였다.

"……허억!"

이성민이 무거운 발을 질질 끌어 암존에게 다가갈 때 쓰러져 있던 암존이 벌떡 몸을 일으켰다. 하지만 암존은 다리에 힘을 주지 못하고 크게 휘청거렸다.

그는 믿을 수 없다는 듯이 자신의 몸을 내려다보았다. 그러고는 홱 하고 시선을 들어 이성민을 보았다.

"네놈……!"

암존의 얼굴이 일그러졌다. 관천과 삼보필살은 암존에게 충분한 타격을 주는 것에 성공했다. 하지만 죽이지는 못했다.

이성민은 이를 악물었다. 암존은 숨을 몰아쉬면서 자신의 상태를 점검했다. 이성민이 펼친 마지막 공격은 기묘하기 짝이 없었다. 분명 피할 틈이 충분히 존재했는데도 피하지 못했고, 호신강기를 꿰뚫고 들어온 공격은 치명적인 내상을 입혔다.

'이 정도였단 말인가? 아무리 요마의 힘을 사용했다고 하지만……!'

암존은 이를 악물었다.

상대를 너무 무시했단 말인가. 아니, 예상하지 못했을 뿐이다. 불가능한 일이 벌어졌을 뿐이란 말이다.

암존이 본 이성민은 절대로 초월지경의 고수가 아니었다. 요마의 힘이 더해졌다고는 하여도 그 차이는 절대로 메워질 수가 없었고 실제로 그랬다.

이성민이 요력을 사용한 후에도 암존은 시종일관 이성민을 압도했다. 그럼에도 이런 결과가 나왔다. 암존은 이성민을 죽

이지 않겠다는 말에 너무나 충실했고 이성민은 동귀어진의 수
법을 쓰더라도 암존을 죽이려 들었다.

"으득!"

이성민은 입술을 씹으며 앞으로 뛰었다. 몸을 움직이는 것
이 쉽지 않았으나 어떻게든 해야만 했다.

이성민은 힘없는 양손에 억지로 힘을 밀어 넣었다. 펼친 창
법은 이전과 비교하면 형편없이 약해져 있었으나 상태가 좋지
않은 것은 암존도 마찬가지였다.

그는 헉 하고 숨을 삼키며 오른팔의 완갑에서 칼날을 뽑았
다.

까앙!

둔탁한 소리와 함께 암존의 몸이 뒤로 밀렸다. 내상은 깊었
고 내공은 제대로 움직이지 않았다. 암존의 얼굴이 일그러졌
다.

창이 밀려난 것은 이성민도 마찬가지였다. 그는 당장에라도
쓰러지고 싶은 무력감을 억지로 끌고 나가면서 창을 꺾었다.

옆으로 휘둘러 치는 공격에 암존은 접선을 접어 휘둘렀다.
간신히 공격을 막아내기는 하였으나 암존은 나눈 공방을 통
해 상황의 위험함을 깨달았다.

아직 광천마가 있다. 구속구를 박아놓기는 했지만 얼마 지
나지 않아 광천마는 저 구속구를 뜯어낼 것이다.

깊은 내상을 입은 암존이 이성민과 광천마 둘을 동시에 상대하는 것은 불가능한 일이었다.

암존은 얼굴을 일그러뜨리며 품 안에 손을 넣었다. 암존이 품 안에서 꺼낸 것은 손바닥만 한 크기의 원통이었다.

원통의 끝이 달려드는 이성민을 겨누었다.

퍼버버버벅!

수백 개의 모침(毛針)이 동시에 쏘아졌다. 그것은 너무 빨랐고, 제대로 호신강기도 끌어내지 못하던 상황이라 가까이 있던 이성민은 모침을 피하지 못했다.

그나마 마갑을 입은 덕에 몸에 모침이 박히지는 않았으나 이성민의 몸이 크게 뒤로 밀려나는 것은 어쩔 수 없었다.

그렇게 틈을 만들어낸 암존은 내상을 무시하고 내공을 끌어올렸다.

활짝 펼친 암존의 양팔이 원을 그리며 움직인다. 잔상을 그리며 움직이는 암존의 손. 그 수십 수백 개의 잔상은 모두가 다른 암기를 들고 있었다.

"만천화우(滿天花雨)."

암존이 꽉 눌린 목소리로 내뱉었다.

파바바바박!

수백 개의 암기가 쏘아졌다.

이성민은 눈을 부릅뜨고 이보유련을 펼쳤고, 창을 크게 휘두르며 암기를 막아내려 들었다.

무리였다. 만천화우는 당가 암기술의 최종오의다. 이성민의 몸이 수백의 암기에 꿰뚫렸다. 오리하르콘을 코팅한 마갑이지만 이번에는 이성민의 몸을 완전히 보호해 줄 수 없었다.

뒤로 크게 날아간 이성민의 몸이 땅에 처박혔다.

암존은 피를 한 사발 토하고서 어깨를 바르르 떨었다.

위지호연은 몸을 일으키려 안간힘을 쓰고 있었다. 저주를 받은 이 몸뚱이의 무력함이 지금은 너무나도 증오스러웠다.

위지호연은 쓰러진 이성민을 보고서 바르르 몸을 떨었다. 입을 벌려 뭐라고 말을 하고 싶었으나 목소리가 제대로 나오지 않았다.

"지독한 놈……!"

암존이 내뱉었다. 암기에 꿰뚫린 이성민이 몸을 일으키고 있었다. 당장 쓰러져 죽어도 이상하지 않을 것 같은 모습이었으나 이성민은 죽지 않았다.

이성민은 피비린내 섞인 숨을 몰아쉬면서 창을 잡고 있던 왼손을 놓았다. 그러고는 몸에 박힌 암기 중에서 움직임에 방해되는 것들을 우선하여 뽑아내기 시작했다.

암존은 할 말을 잃었다. 제대로 펼치지 못했다고는 하나 만천화우는 만천화우다. 그것을 맞았는데도 움직일 수 있단 말인가? 대체 어떻게?

혼란 속에서 암존은 이를 빠득 갈았다.

"그만해!"

위지호연이 간신히 고함을 질렀다. 그녀는 피로 흠뻑 젖은 이성민의 등을 보며 떨리는 목소리로 외쳤다.

"내가, 내가 가면 되는 거잖아. 그러니까 그만……"

"안 돼."

이성민이 대답했다. 그렇게 말하는 이성민의 목소리는 꺼질 듯이 낮았다. 이성민은 뒤를 돌아보지 않았다. 그는 비틀거리면서 말을 내뱉었다.

"나를 위해서 네가 그럴 필요는 없어. 너는…… 가고 싶지 않잖아."

"하지만 네가……!"

"괜찮아."

괜찮지 않다. 입은 상처들은 치명적이다. 그래도 괜찮다고 말해야만 했다.

"너를 보내고 싶지 않아."

암존은 얼굴을 일그러뜨리고서 침묵했다. 이런 상황을 겪게 될 것이라고는 생각하지 못했고, 이렇게 곤란해질 것이라고도 생각하지 못했다.

하지만 해야 할 일은 해야 했다. 위지호연을 데려가는 것은 그만큼 의미 있고 중요한 일이었기 때문이다.

[빌어먹을!]

허주가 욕설을 내뱉었다. 그는 이성민이 죽도록 내버려 둘 수가 없었다. 하지만 허주가 할 수 있는 일은 없었다.

그는 이미 몇 번이나 이성민의 정신에 개입해, 광천마를 제압했을 때처럼 육체의 주도권을 빼앗으려 했었다.

하지만 불가능했다. 이성민의 정신 방벽은 이전보다 훨씬 강해져 있었다.

만천화우를 맞았을 때 이성민은 순간이나마 의식을 잃었었다. 본래 그런 상태라면 허주가 이성민의 몸을 대신 움직일 수 있었다. 하지만 이번에는 그것도 되지 않았다. 몇 달 사이에 이성민의 정신력이 너무 강해진 탓이다.

이성민은 상처투성이의 몸을 이끌고 암존의 앞을 가로막았다. 걸레짝이 된 몸뚱이를 이끈다. 암존은 묵묵히 창을 들어 올리는 이성민을 보고서 부르르 몸을 떨었다.

"정녕 죽어야만……."

"안 되겠군."

암존이 이성민에 대한 살의를 다짐했을 때였다.

파지직!

허공에 시커먼 전류가 튀었다. 그것을 본 암존이 두 눈을 부릅떴다.

엉키는 전류의 안에서 누군가가 몸을 일으켰다. 긴 머리를 깔끔하게 묶어 올린 남자는 얼굴의 반을 가리는 반가면을 쓰고 있었다. 걸치고 있는 큼직한 장포는 피처럼 붉었다.

"사마련주!"

전류 속에서 선 사내를 본 암존의 얼굴이 하얗게 질렸다.

부르짖는 외침에 이성민의 얼굴도 굳을 수밖에 없었다. 몇 시간 전에 사마련주는 관후의 몸을 빌려 이성민에게 말을 걸었다. 그 사마련주가 갑자기 이성민의 눈앞에 나타난 것이다.

"오랜만이군, 당무기."

"그 이름으로 부르지 마라!"

"너무 싫어하는 것 아닌가? 꽤 괜찮은 이름이잖아. 본좌의 이름이 더 멋지지만."

가면 너머에서 사마련주는 웃는 표정을 지었다. 경박해 보이는 말투에 암존의 어깨가 부르르 떨린다.

알고 있다. 눈앞에 있는 사마련주가 본신이 아니라는 것을. 진짜 사마련주가 어디에 있는지는 알 수가 없었으나 이곳에 나타난 사마련주는 단순한 분신에 지나지 않는다.

"여기까지 하고 물러서는 것이 어떤가?"

사마련주는 뒷짐을 지고 서서 그렇게 권했다. 그 말에 암존이 이를 빠득 갈면서 내뱉었다.

"천외천의 일에 관여하겠다는 것이냐……?!"

"따지고 보면 그렇게 되나? 뭐…… 그러면 그냥 관여하는 것이라고 하지. 원래는 신경 쓰지 않으려고 했는데 말이야. 저 꼬마가 필사적으로 구는 것이 본좌의 만년설처럼 차가운 마음을 조금 녹여 버렸거든."

"헛소리를!"

"진심이다."

사마련주가 대답했다. 그는 뒷짐을 풀지 않고서 암존을 지그시 보았다.

"이곳에 있는 것이 분신이라고는 해도, 상처 입은 너 정도는 어렵잖게 죽일 수 있어. 시험해 볼 텐가?"

"지금…… 나를 협박하는 것이냐……!"

"듣기에 따라서는 협박처럼 들릴지도 모르겠군."

"천외천이 용서할 것이라고 생각……."

"이 마황 양일천이 껄끄러워하는 상대는 셋뿐이다. 하나는 무당의 빌어먹을 검선(劍仙) 늙은이고, 너희 천외천의 꼭대기에 있는 무신(武神), 프레데터의 학살포식(虐殺捕食). 이 일로 과연 무신이 움직일지는 모르겠군."

사마련주가 껄껄 웃었고, 암존은 대답하지 못했다. 그는 머뭇거리다가 뒷걸음질을 쳤다. 대답하지는 않았어도 암존의 그런 행동은 사마련주와 대적하는 것을 껄끄럽고 두렵게 여기고 있다는 증거였다.

"……이 일에 대해서는 반드시……."

"잘 가라."

사마련주는 암존의 말을 도중에 끊고서 손을 흔들었다. 단순히 그런 것이 아니라 흔들어 대는 사마련주의 손에는 시커먼 전류가 꿈틀거리고 있었다.

암존은 몸을 돌리더니 순식간에 이성민의 시야 밖으로 사라졌다.

"요마의 힘을 제법 잘 다루더군."

사마련주는 멀어지는 암존의 등을 지켜보다가 이성민을 힐긋 보았다.

"……죽일 수 있었는데."

"안다. 아마 거기서 더 했더라면 네가 암존을 죽일 수 있었을지도 모르지. 그리고 일주일도 지나지 않아 너는 천외천에게 죽었을 것이고 소천마는 그들에게 빼앗겼을 것이다."

사마련주가 끌끌거리며 웃었다.

"육존자 중 하나인 암존을 죽인다는 것은 그런 의미인 것이다. 하지만 여기서 암존을 살려 보낸다면 천외천은 당분간 침묵하게 된다. 왜냐? 사마련주가 개입했으니까. 육존자의 몇몇은 폐관 수련 중이고, 본좌를 위협할 수 있는 천외천의 무신도 폐관 수련 중이다. 활동 중인 육존자 중에서는 본좌에게 싸움을 걸 만큼 배짱 좋은 녀석이 없어."

사마련주는 그렇게 말하고선 위지호연 쪽으로 시선을 돌렸다. 위지호연은 사마련주의 시선을 받으며 몸을 가늘게 떨었다.

"천외천에 가고 싶지 않다면 사마련으로 와라. 보호 정도는 해주마."

사마련주가 입을 열었다.

"선택하는 것은 네 몫이긴 하다만. 저주로 약해진 네가 저 꼬마와 함께 다녀봐야 발목만 잡을 뿐이다."

"잠깐, 무슨 말을……!"

"본좌는 너의, 너희들의 목숨을 구해주었다. 예의를 안다면 본좌가 말하는 것을 막지 마라."

사마련주는 이성민을 힐긋 보면서 그렇게 쏘아붙였다.

"권존의 저주를 끝내기 위해서는 권존을 죽여야 하지. 하지만 권존이 어디에 있는지는 모른다. 남쪽으로 간다면 권존의 위치를 알 수 있을지도 모르겠군. 그쪽의 주술사들은 재주가 많거든."

사마련주는 그렇게 중얼거린 후에 다시 위지호연에게 시선을 주었다.

"이것은 약속해 주마. 본좌를 찾아온다면 본좌는 너를 절대로 천외천에게 넘기지 않는다. 그렇다고 너를 구속하지도 않을 것이고."

위지호연은 침묵했다. 사마련주는 내리깔고 있는 위지호연의 눈동자를 보며 피식 웃었다.

"당장 대답할 필요는 없다. 나흘 후에 본좌가 보낸 놈들이 너희를 찾아갈 것이다. 오고 싶다면 그때 오도록 하고 싫다면 그냥 돌려보내라."

아, 그리고.

사마련주가 이성민을 보았다.

"무림맹주는 조심해 두는 편이 좋을 거다."

"……뭐……?"

"그리고 너, 말투가 건방져. 다음에 본좌의 앞에서 말을 짧게 하였다가는 볼기짝을 두드려 줄 테다."

사마련주는 그런 으름장을 마지막으로 사라졌다.

끝났다.

그리고 지쳤다.

이성민은 다리에 힘이 풀려 그 자리에서 주저앉았다.

그런 이성민을 향해 위지호연이 다가왔다. 제대로 움직이지 못하는 위지호연은 느린 걸음으로 다가와 이성민의 근처에 주저앉았다.

위지호연은 상처투성이의 이성민을 내려다보았다. 만천화

우를 얻어맞은 마갑은 구멍투성이였고 뽑히지 않은 암기는 피부와 근육을 뚫고 깊숙이 박혀 있었다. 암기를 뽑은 상처에서도 피가 울컥거리며 흘러나오고 있었다.

"……병신……."

위지호연은 입술을 뻐끔거리다가 간신히 그런 말을 내뱉었는데, 이성민은 욕을 얻어먹자 풋 하고 웃어버렸다.

"말이 너무 심하잖아."

"왜…… 이 꼴이 되면서까지……."

"너를 보내고 싶지 않았어."

"내가 너한테 이렇게까지 해달라고 부탁했더냐?"

"자고 있었잖아. ……잘 잤어?"

"멍청한 새끼……!"

이성민의 대답에 위지호연이 홱 하고 손을 뻗었다. 그녀는 이성민의 멱살을 잡고 씨근거리다가 결국 말을 이어 내뱉지 못하고서 멱살 잡은 손을 내려놓았다.

"……죽었으면 어쨌으려고?"

"안 죽었잖아."

"죽을 수도 있었잖아……!"

"안 죽었으니까 됐어."

머릿속에서 위지호연의 목소리가 울리고 있었다. 의식이 가늘어지는 것이 느껴졌고 눈꺼풀이 무거웠다.

잠깐, 잠깐만.

이성민은 입술을 달싹거리며 작은 목소리로 말했다. 멀리서 광천마와 루비아가 다가오는 것이 흐릿하게 보였다.

"조금만 잘게."

그 말이 마지막이었다.

눈을 떴을 때에는 어두운 동굴이었다. 멀리서 빗소리가 들린다.

이성민은 몸을 덮고 있는 흑룡포를 힐긋 보았다. 바로 곁에서 위지호연이 새근거리는 숨소리를 내며 잠들어 있었다.

"깨우지 말게. 잠든 지 얼마 안 되었으니까."

위지호연의 얼굴을 물끄러미 보던 중에 목소리가 들렸다. 광천마였다. 그는 멀지 않은 동굴의 입구 쪽에 기대어 앉아 있었고 그의 곁에는 루비아가 웅크려 잠들어 있었다.

"이곳은?"

"곰이 살던 동굴일세. 노린내가 심하다고 이 녀석이 멋대로 마법을 써서 냄새를 잡았어."

광천마는 그렇게 말하며 끌끌 웃었다.

"자네는 꼬박 하루를 잠들어 있었는데. 배는 안 고픈가?"

"……고프군요."

"빵 정도밖에 없지만. ……방향을 남쪽으로 잡고 이동하기

는 했는데 다들 움직일 형편이 아니라 가까운 산으로 들어왔
네. 무림맹의 추격이 있기는 하겠지만…… 다들 휴식이 필요했
으니 말이야."

이성민은 몸을 덮고 있던 흑룡포를 들추었다. 몸에는 흉터
같은 것은 남아 있지 않았다.

"암기를 뽑아내고 엘릭서를 부었네. 운이 좋았어. 만천화우
를 정면으로 얻어맞고도 몸뚱이가 성했으니 말이야."

마갑을 입지 않았다면 만천화우를 맞은 순간 몸이 분쇄되
었을 것이다. 덕분에 오리하르콘 코팅이 죄다 벗겨지기는 했지
만 아무리 오리하르콘이 값진 소재라고 하여도 목숨보다 중하
지는 않다.

"상황은 다른 이들에게 들었네. 내가 또 미쳐 발작한 모양이
더군. 주문과 따귀는 잊지 않았는데……"

"만능은 아니니까요."

"그래도 다행이야. 다른 사람들을 해치지는 않았으니까.
……사마련주가 개입해서 암존을 물러서게 하였다지? 그 신비
로운 위인의 도움을 받을 줄은 몰랐는데."

광천마가 중얼거렸다.

사마련주, 마황 양일천.

그는 사파 제일의 고수로 꼽히면서 사마련의 정점에 선 인물
이다. 이름과 별호는 드높지만 대외적으로 모습을 보이지 않

은 지는 이미 몇십 년이나 흘렀기 때문에 정파 쪽에서는 이미 죽은 것이 아닌 것이냐는 이야기가 돌기도 했었다.

하지만 사마련주는 살아 있었다. 이유는 모르겠지만 그는 이성민에게 제법 호의를 가지고 있는 듯했다. 만나본 적도 없는 생면부지의 타인이 호의를 보이는 것이 이성민으로서는 의문이었다.

"사마련주가 위지호연을 보호해 주겠다고 말했습니다."

"나쁘지 않은 제안이라고 보네. 무림맹에 빼앗기고 천외천에게 넘기는 것보다는 사마련주의 보호를 받는 것이 낫겠지."

"그를 믿어야 하는 것인지 모르겠습니다."

"사마련주가 어떤 사람인지는 본좌도 모른다. 만나본 적이 없으니까. 그런데……"

이성민의 얼굴을 보던 광천마가 머리를 갸웃거렸다.

"자네, 눈이 왜 그런가?"

"예?"

광천마의 말에 이성민이 눈을 끔벅거렸다. 그는 아공간 포켓을 뒤져 거울을 꺼냈다. 거울에 비춰지는 얼굴이 낯설었다.

생각해 보면 이렇게 거울로 얼굴을 보는 것은 꽤 오랜만이었다. 이성민은 거울 속에 있는 자신의 얼굴을 보며 멈칫 굳었다.

왼쪽 눈동자가 이상했다. 오른쪽 눈은 평소대로의 검은 눈이었으나 왼쪽 눈은 엷은 금색으로 물들어 있었다. 이성민은 흠칫 놀라 왼쪽 눈을 손바닥으로 덮었다.

[요안(妖眼)이다.]

머릿속에서 허주의 목소리가 울렸다.

요안?

생각으로 되묻자 허주가 혀를 차며 말했다.

[네놈의 육체가 요력에 물들고 요괴로 변이하기 시작한 증거다. 지금은 색만 변했을 뿐 아무 문제도 없겠지만…… 계속해서 요력을 쓰다가는 변이가 제대로 시작되겠지.]

이성민은 운기조식을 해보았다. 단전 밑바닥에 고여 있던 요력은 이전보다 커져 있었다. 위지호연을 지키기 위해 허주의 요력을 끌어다 쓴 부작용이 몸을 적시기 시작했다는 증거였다.

이성민은 아랫입술을 잘근 씹었다.

[요괴의 힘은 인간에게는 위험한 것이야. 이 정도로 끝난 것을 다행으로 여겨라.]

허주가 경고했다.

[비록 육체를 잃었다고는 하나 이 어르신은 세상에서 손에 꼽히던 대요괴였다. 흔해 빠진 잡요도 아니고 대요괴의 요력을 인간의 몸으로 쓰는 것. 네놈의 몸에 묘하기 짝이 없는 심장이 없었더라면 요력을 쓴 순간 몸이 견디지 못하고 죽었을 것이

다. 아니면 이성을 잃고 미쳐 날뛰든가. 네 경우에는 그 둘을 피했으나 요괴로서의 변이는 피하지 못했던 모양이군.]

허주의 말을 들으며 이성민은 아랫입술을 깨물었다. 이런 일이 벌어질 것임은 각오하고 있었다. 인간성을 포기하고 요괴가 되면서까지 이성민은 위지호연을 지키고 싶었다.

[아직은 괜찮다. 단전에 고인 요력은 사용하지 않는다면 그냥 고여 있을 뿐이니까. 하지만…… 앞으로는 모르겠군. 네놈의 경우는 전례가 없었어. 인간이 요괴가 되는 것이야 드물기는 하여도 전례가 없지는 않은데.]

이성민은 거울을 내려놓았다. 졸지에 금색 눈동자를 가지게 되기는 했지만 아직은 괜찮다는 것에 마음속으로 안도하게 되었다.

이성민은 아랫입술을 잘근 씹으며 왼쪽 눈을 감았다.

"……프레데터의 학살포식은 누구냐?"

암존을 가로막으면서 사마련주는 말했다. 이 세상에서 자신이 껄끄럽게 여기는 존재는 셋뿐이라고.

무당의 검선과 천외천의 무신, 그리고 프레데터의 학살포식. 그중 검선은 은거하고 있는 무당의 전전대 장문인일 것이고 무신도 누군지는 모르지만 육존자의 존재를 통해 대강은 짐작이 간다.

하지만 프레데터의 학살포식은 누구인지 모르겠다.

[그건 프레데터의 오랜 괴물들이 바라는 괴물 중의 괴물이다. 뱀파이어 퀸, 아크 리치, 요괴, 라이칸슬로프, 데스나이트. 그 다섯 괴물 중 누군가를 일컫는 말이 아니라 언젠가 나타나 프레데터의 정점에 설 괴물의 왕을 칭하는 말이지.]

허주가 웃음을 흘렸다.

[적어도 이 어르신이 있던 400년 전에는 학살포식은 존재하지 않았다.]

사마련주를 떠올린다. 그리고 암존도. 천외천은…… 이성민이 생각한 것보다 훨씬 강했다. 요력까지 끌어냈음에도 암존과의 싸움에서 우세를 점하지 못했다. 만약 암존이 처음부터 이성민을 죽이려고 들었더라면 저항조차 하지 못했을 것이다.

요력을 끌어내면서 쓸 수 있는 모든 수단을 사용했다. 무영탈혼의 삼보필살과 구천무극창의 관천, 버프 마법까지 두르고 싸웠음에도 우세를 점하지 못한 것은 충격적이었다.

암존이 여유를 보이지 않았더라면 삼보필살로 치명상을 입히지도 못했을 것이다.

'하지만…… 죽일 수 있었어.'

비록 암존이 방심한 결과라고 하여도, 사마련주가 등장하지 않았더라면 이성민은 암존을 죽일 수 있었을 것이다.

결과적으로는 사마련주의 행동이 옳았다. 만약 거기서 이성민이 암존을 죽였더라면 천외천은 바로 보복에 나섰을 것이다.

'앞으로는 어떻게 해야 하지?'

사마련주는 위지호연을 보호해 준다고 했다. 그것에 대해
서…… 이성민은 어떻게 해야 할지 몰랐다. 선택하는 것은 이
성민이 아닌 위지호연이다.

'아직 약해.'

세상 누구보다 강했더라면 이런 위기를 겪지 않아도 되었을
것이다. 사마련주의 보호를 바랄 것도 없이 위지호연을 지켜낼
수 있을 것이고 무림맹의 추격도 신경 쓰지 않아도 될 것이다.

'더 필요해.'

힘이 필요했다.

하루 동안 암존은 자신의 상처를 돌보았다.

그 기묘하기 짝이 없는 발걸음. 세 걸음으로 만들어낸 강기
의 폭풍은 알고서도 파훼할 수 없을 정도로 강력했다.

비록 암존이 전력을 다하지 않았다고는 해도 귀창의 무공
은…… 암존의 방심을 사각으로 잡고 죽일 수 있을 정도로 매
서웠다.

'소천마보다는 못하지만, 그 정도로 뛰어날 줄이야……'

암존은 아랫입술을 뿌득 씹었다. 요마의 힘이 더해졌다고는 해도 그 무공을 무시해서는 안 된다. 오히려 요마의 힘이 더해졌기에 더욱 위험하다고 봐야만 한다.

놈은 인간이었다.

아직은 인간. 하지만 사용하는 힘과 기운이 인간의 것이 아니니…… 어쩌면 귀창이야말로 학살포식의 그릇이 될 존재인 것인지도 모른다.

'아니, 이건 과한 생각이다. 놈은 절대로 그럴 그릇이 아니었어.'

암존은 몸을 일으켰다. 하루 동안 휴식하고 포선의 힘을 빌린 덕에 암존의 상처는 모두 치유되었다. 마음 같아서는 귀창과 소천마를 계속해서 추격하고 싶었지만 사마련주의 존재가 걸린다.

어제 보았던 사마련주는 분신에 지나지 않았으나, 사마련주의 기이한 사공은 분신이라고 해서 무시할 만한 것이 아니다.

사마련이라는 단체는 천외천과 비교하자면 그리 대단할 것이 못 되지만 사마련주의 존재는 육존자보다 높이 있다.

우선 이 일에 대해 알려야만 한다. 암존은 수정구슬을 꺼냈다.

-돌아와라.

사마련주의 개입과 예상 밖이었던 귀창의 무위에 대해 알리자 수정구슬 너머에서는 그런 대답이 돌아왔다.

그것이 너무 의외라 암존은 입을 반쯤 벌리고서 잠깐 동안 침묵했다.

"어째서?"

이해할 수가 없어서 되물었다.

"사마련주의 분신이 다시 개입한다고 해도 결국은 분신. 귀창의 강함을 알았으니 더 이상 여유를 보이지 않을 것이다. 소천마를 데리고 오는 것에는 아무 문제가 없다."

-그렇겠지. 하지만 그럴 필요가 없게 되었다.

"무슨 말이냐? 어째서?"

-흐름이 바뀌었기 때문이다.

목소리가 대답했다.

-소천마는 천외천으로 와야 했다. 적어도 어제까지는 말이야. 하지만 사마련주의 개입과 귀창의 존재 덕분에 소천마가 이곳에 올 필요가 없게 되었다.

"……영매(靈媒)의 뜻이냐?"

-오랜만에 접신(接神)이 있었다. 무신께서도 허락하였으니 고집부리지 말고 돌아와라.

암존은 입을 꾹 다물었다. 영매가 접신하였고 무신까지 허락했다면…… 암존이 더 이상 소천마를 쫓을 필요는 없다.

"소천마의 저주는?"

-그에 대해서 영매는 아무 말도 하지 않았다. 권존에게는 미안한 일이지만 앞으로도 고생해 줘야겠어.

대화는 거기까지였다.

소천마의 저주는 유지하지만 천외천이 소천마를 데려가는 것을 강제하지는 않는다.

암존은 그것을 납득할 수는 없었으나 그렇다고 해서 따지고 들거나 거부할 수도 없었다.

암존은 혀를 차면서 몸을 일으켰다.

'망신만 당하게 되었군.'

암존은 이성민을 떠올리면서 눈썹을 찡그렸다.

눈을 떴을 때, 위지호연은 가장 먼저 이성민을 찾았다.

이성민은 위지호연의 곁에 웅크리고 앉아 위지호연을 보고 있었다.

그들은 아직 이동하지 않고 동굴에 남아 있었다. 당장 이동하는 것보다는 위지호연이 어떻게 할지, 그에 대한 대답을 듣는 것이 먼저라고 생각했기 때문이다.

위지호연은 이쪽을 빤히 보는 이성민을 보면서 눈가를 찡그렸다.

"안 좋은 버릇이 들겠군."

"자다 깨서 갑자기 무슨 소리냐."

"자는 얼굴을 보이는 것은 꽤 부끄러운 일이라고 생각하는데. 관음하는 쪽의 기분은 어떠냐?"

"관음이라니. 꼭 그런 식으로 말해야 하나?"

"아주 틀린 말은 아니잖아. 벌써부터 이런 얼굴을 관음하는 버릇을 들게 하면 안 되는데."

위지호연은 투덜거리면서 입가를 손등으로 비볐다.

"혹시, 내가 자는 도중에 침을 흘리지는 않았나? 코를 골았다거나. 아니면 이를 갈았나? 잠꼬대는?"

"침을 질질 흘려대기에 닦았다. 코 고는 소리는 어찌 그리 시끄러운지 내가 잠을 자지 못할 지경이었어."

"그럴 리가 없다."

"그렇지, 거짓말이니까."

표정 하나 바꾸지 않고 그렇게 말해주자 위지호연이 풋 하고 웃었다. 위지호연이 웃는 것을 보며 이성민도 피식거리며 웃었다. 둘은 잠깐 동안 그렇게, 실없는 웃음을 나누었다.

"생각해 봤다."

위지호연의 웃음소리가 멈췄다. 그녀는 힘이 잘 들어가지 않는 자신의 손끝을 내려다보면서 말했다.

"나는…… 여태까지 말이야. 무력감이라는 것을 모르고 살았다. 누군가에게 보호되는 입장에 서본 적도 없었지. 대부분의 경우에서 나는 강자였거든. 그런데…… 이제는 아니야."

"그게 싫으냐?"

"싫지. 나는 자존심이 강해. 나는…… 너보다 강하고 싶어. 아니면 너와 비슷하거나. 그런데 지금은 너보다 약하잖아. 네 도움이 없다면 목숨을 부지할 수도 없잖아."

"나는 상관없어."

"내가 상관있어."

위지호연이 머리를 가로저었다.

"……내 존재로 인해 너를 위험하게 하고 싶지 않아. 곤란하게 하고 싶지도 않고. 그러니까…… 사마련주의 제안을 받아들일 생각이다."

이성민은 대답하지 못했다. 마음 같아서는 위지호연을 붙잡고 싶었다. 상관없다고, 괜찮다고 그렇게 말하여 위지호연을 곁에 두고 싶었다.

하지만 그것이 정말로 위지호연을 위한 길인가? 무력한 처지로 보호되는 동안 위지호연은 어떤 기분을 느낄까.

그것에 대해 상상해 보는 동안 이성민은 반박을 고이 접어 둘 수 있었다.

"내가 얼마나 잤지?"

"……하루를 꼬박."

"그렇다면 오늘 사마련주가 보낸 사람들이 오겠군. 이거야 원…… 너무 오래 자버렸잖아. 왜 안 깨운 거냐?"

"네가 너무 깊이 자고 있길래."

"후후! 결국 관음하고 있었다는 것 아니냐. 내가 자는 얼굴을 보면서 말이다. 무슨 생각을 했냐?"

위지호연이 낮은 웃음소리를 흘렸다. 그녀는 눈을 깜박거리며 이성민을 보았다.

위지호연은 느릿한 손길로 자신의 뺨을 더듬었다.

"꽤 괜찮아졌지?"

툭 하고 던지듯 말을 뱉는다.

"전생의 너는 내 얼굴을 모른다고 했지. 만난 적도 없다고 했어. 하지만…… 전생의 나는 남자로 소문이 나 있었다. 그렇지? 나는 말이다. 그 말을 꽤 의식했거든. 나는 전생의 너를 몰라. 하지만 너는 전생의 나를 알지. ……그게 조금 싫었어. 그래서 전생의 나와는 다르게 행동하려 꽤 노력했다고 생각한다."

머리를 묶지 않았다. 화장은 하지 않았지만 화장하는 법은 몰래 배워두었다. 언젠가 써먹을 때가 있을지도 모른다고 생각하면서.

굳이 몸의 굴곡을 드러내는 옷들을 입었다. 누가 보아도 여자라고 여길 수 있을 차림을 고수했다.

가슴은 인위적으로 키우지 않았지만 키워볼까 하고 진지하게 고민도 했었다.

"너에게 보여주고 싶었다."

왜…… 일까?

문득 떠오른 의문은 여태까지 줄곧 무시했던 것이었다. 어린 시절의 추억이라는 것은 시간이 지날수록 대수롭지 않은 일도 부풀려져 포장된다. 어쩌면 위지호연이 가진 추억도 그렇게 포장된 것일지도 모른다. 그렇다고는 해도 떠올릴 때마다 평온해진다. 흐뭇한 기분이 된다.

몇 번이나 상상했었다.

다시 만나게 되었을 때 나는 어떤 모습일까? 어떤 기분일까? 어떤 이야기를 할까? 어떤 일을 할까?

"대답해 봐."

위지호연이 이성민의 눈을 보며 말했다.

"지금의 나는 아름다운가?"

배워두기는 했지만 실제로 해본 적이 거의 없는 화장을 해보고 싶다는 생각이 들었다. 항상 바지를 입었지만 치마도 한 번 입어보고 싶었다. 아무렇게나 풀어헤친 머리를 잘 빗어서…… 비녀를 이용해 위로 올려보고 싶었다.

그래, 네 앞에서는.

위지호연은 목구멍까지 올라온 말을 간신히 삼켰다. 이성민은 입을 다물고 위지호연을 보았다.

"1년 전에 봤을 때도 아름답다고 생각했어."

"후후!"

이성민의 대답에 위지호연이 웃는다. 그녀는 자신의 얼굴을 더듬던 손을 뻗어 이성민의 손등을 더듬었다.

"너도야."

위지호연이 작은 목소리로 말했다.

"10년 전의 너는 별 볼 일 없는 꼬마였지. 당시의 어린 내 눈으로 보기에도 너는 대단할 것 없는 녀석이었어. 너 정도 되는 놈은 세상 어디든지 있었겠지…… 조금 특이하기는 했지만 말이야. 그래도 나는 너와 친구가 되어서 좋았다. 여러 가지로…… 처음인 것이 많았어. 너와 함께 있으면 편했다. 너와 이야기하는 것도 편했어. 너는 나를 억압하지 않으니까."

위지호연은 가만히 눈을 감았다.

"우리는 계속 친구일까?"

위지호연이 물었다.

무슨 의미로 하는 질문일까.

어렴풋한 추측이 어떠한 대답으로 이어졌지만 이성민은 그 대답을 스스로 믿고 싶지는 않았다. 침묵하는 이성민을 보며 위지호연이 쿡쿡 웃었다.

"나는……."

"아니, 괜찮아."

이성민이 뭐라고 대답하려 한 순간이었다. 위지호연이 머리를 가로저었다. 그녀는 이성민의 손등 위에 얹었던 손을 치우며 풋 웃었다.

"대답하지 말아줘."

짧은 말이었지만 담긴 의미는 무거웠다. 이성민은 위지호연의 얼굴을 물끄러미 보았다. 위지호연은 그 시선을 피하지 않고 마주 보았고 그렇게 서로가 서로를 보았다.

이성민은 씁쓸한 미소를 지으며 머리를 끄덕거렸다. 위지호연이 피식 웃었다.

"왼쪽 눈의 색이 바뀌었네. 멋이라도 부리고 싶었나?"

"그런 것 아니야. 그냥 어쩌다 보니."

"그렇다면 다행이군. 그 눈, 별로 멋지지는 않거든."

위지호연이 웃는 목소리로 말했다. 그러던 중이었다. 동굴 입구 바깥에서 상황을 살피던 광천마와 루비아가 안으로 돌아왔다.

"손님이 왔네."

광천마가 말했다.

"무림맹의 추격대는 아니야. 사마련주가 보낸 사람들인 것 같은데. 나가보는 것이 좋겠어."

"예."

이성민은 위지호연을 부축하여 동굴 밖으로 나왔다. 희미한 안개 너머에서 불빛이 흔들리고 있었다.

아직 저들이 사마련주의 사자라는 것은 확인되지 않았기 때문에 이성민과 광천마는 경계를 유지하고서 그들이 다가오는 것을 기다렸다.

열 명 남짓한 사람이었다. 건장한 준마가 마차를 이끌었고 사람들은 그 곁에서 마차를 보호하듯 이동하고 있었다.

"련주님이 보내서 왔습니다."

마차의 곁에 서 있던 여자가 입을 열었다. 자세히 보니 모두가 여자였다.

위지호연을 보호하기 위해 온 사람들이기 때문일까. 모두가 뛰어난 실력을 숨긴 고수였다.

"결정은 내리셨는지요."

여자가 위지호연을 향해 물었다. 위지호연은 천천히 머리를 끄덕거렸다. 위지호연의 대답이 확인되자 마차의 문이 열렸다.

"저희는 당신을 련주님이 계시는 곳까지 보호하여 데려갈 것입니다. 제법 긴 여정이 될지도 모르겠으나 이것은 약속드릴 수 있습니다. 절대로 위험한 일은 벌어지지 않을 것입니다."

여자가 머리를 꾸벅 숙이면서 말했다.

"그리고 귀창, 련주님의 전언입니다. '너는 지금 오지 마라. 남쪽과 다른 볼일을 끝내고 와라', 이것과 '소천마의 머리카락을 조금 받아둬라. 남쪽에서 필요할 거다' 이렇게 두 개입니다."

"머리카락?"

볼일을 끝내고 오라는 말은 관후의 입에서도 들었었다. 하지만 머리카락 이야기는 무슨 뜻인지 알 수가 없었다.

[남쪽에서 주술사를 만날 때 필요할지도 모른다. 네놈이 해야 할 일은 남쪽 부족에게서 요력의 사용법을 익히는 것과 소천마를 저 꼴로 만든 권존을 죽이는 것 아니냐. 저주에 걸린 소천마의 머리카락을 주술의 매개로 삼는다면 권존의 위치를 알 수 있을지도 모르지.]

여자가 위지호연에게 단검을 건네주었다. 위지호연은 머리카락을 한 움큼 잡더니 단검으로 끊어냈다.

"냄새 맡거나 그러지는 마."

"안 그래."

위지호연은 웃는 얼굴로 말했고 이성민은 정색하고서 대답했다. 받은 머리카락은 끈으로 잘 묶어서 아공간 포켓에 집어넣었다.

"다음에 또 볼 수 있을 거야."

마차에 오르기 전 위지호연은 그렇게 말했다.

"네가 나를 찾아오지 않는다고 해도 언젠가는 내가 다시 너를 찾아갈 테니까 말이야. 우리는 아직 하지 못한 것이 많아."

너와 하고 싶은 것도 많고.

위지호연은 그 말을 굳이 하지는 않았다. 그녀는 아쉬움을 떨쳐 내듯 웃음을 의식했고 이성민도 마주 웃을 수밖에 없었다.

"다음에 또 봐, 죽지 말고."

위지호연은 진심으로 그렇게 말했다. 그리고 몸을 돌려 마차 안으로 들어갔다.

마차의 안은 널찍하고 안락했다. 위지호연은 혼자 앉기에는 너무 큰 좌석에 앉고서 창밖을 보았다.

이쪽을 보는 이성민의 시선이 보였다.

다음에 다시 만난다면.

위지호연은 손을 들어 자신의 가슴을 더듬었다. 이상할 정도로 빨리 뛰는 심장 고동을 느끼며 그녀는 눈을 감았다.

'이게 무슨 기분일까.'

내가 왜 이런 기분을 느끼는 걸까? 다음에 만난다면, 왜 이런 기분을 느끼고 있는 것인지 알 수 있을까.

위지호연은 힘없는 자신의 몸을 내려다보았다.

'지금은 안 돼.'

가고 싶지 않다고 생각하지만 그래도 가야 한다. 무력해진 탓에 이성민을 위험하게 만들고 싶지 않았다. 위지호연은 힘없는 머리를 창가에 기대었다. 덜컹거리는 흔들림을 시작으로 마차가 움직이기 시작했다.

이성민은 떠나가는 마차의 뒤를 바라보았다. 10년 전에 약속했고, 며칠 전에 만났다. 그리고 다시 헤어지게 되었다.

아쉬움이 없는 것은 아니다. 어쩔 수 없다는 생각과 함께 저것이 위지호연이 한 선택이라고 납득하려 들 뿐이다.

사마련주의 의도는 모른다. 그가 왜 호의를 보이는 것인지도 모른다. 괴력난신의 가호는 불영대사를 통해 지워냈다. 사마련주가 보이는 호의는 괴력난신의 가호 때문은 아닐 것이다.

'권존을 찾아야 해.'

이성민은 아랫입술을 빠득 씹었다.

"귀창이 철갑신창을 죽였다고."

취걸은 올라오는 보고를 확인하면서 표정을 가다듬었다. 철갑신창과는 몇 번 면식이 있다. 무림맹의 행사에서 만날 때마다 철갑신창은 취걸을 두고서 개방의 젊은 영웅이며 미래의 방주가 될 것이라며 아낌없는 찬사를 주었었다.

철갑신창은 뛰어난 창수임과 동시에 무림맹에서 높은 위치에 선 인물이었고 문파에 소속되지 않은 맹주 직속의 고수였다.

'철갑신창은 마치 죽기 위해 나선 것 같았어. 맹주의 명령인가……?'

취걸은 잘린 팔의 상처를 더듬으면서 생각에 잠겼다. 팔이 잘린 후로 새로이 든 버릇이다.

5년 전, 무림맹주가 바뀌었다.

이전 맹주인 무당의 명월자가 맹주직을 내려놓았고 소림의 불영대사에게 임시로 맹주의 자리게 넘어가려 했으나 불영대사는 그를 거절했다.

그 공백기에 새로이 맹주로 오른 자가 부맹주로 있던 흑룡협(黑龍俠) 예후다. 그는 인간과 드래곤의 혼혈이 갖는 뛰어난 육체와 더불어 다양한 무공을 익힌 고수다.

임시로 오른 맹주라고는 하지만 몇 년 사이에 예후는 무림맹에 소속된 많은 무인의 인정을 얻어냈다.

'흑룡협이 철갑신창보고 죽으라는 식의 명령을 내렸다면…… 왜지?'

그만큼 소천마 위지호연이 중하기 때문인가.

물론 그럴 수도 있다. 하지만 철갑신창의 죽음은 여전히 매끄럽지가 않다. 광천마와 귀창까지 있는데, 굳이 철갑신창 정도 되는 고수를 사지로 몰아넣어 죽게 할 필요가 있는가?

덕분에 귀창은 이전에 쌓은 위명을 집어삼킬 악명을 얻었다. 무림맹이 규정한 마인의 낙인이 찍힌 것이다.

'설마 그를 위해서…… 아니, 이건 너무 과해. 하지만 잘되었군.'

취결은 잘린 팔의 상처를 손으로 감싸 쥐었다.

묵섬광 백소고. 1년 전부터 모습을 감추고 있는 백소고의 얼굴이 떠오른다. 왜 사제를 버리게 하였느냐고 부르짖던 모습도.

죽은 줄 알았던 귀창이 살아남았다고 하였을 때 취걸은 내심 생각했었다. '차라리 죽었다면 좋았을 텐데'라고.

귀창을 보던 백소고의 표정과 시선이, 그리고 비탄에 미쳐 날뛰던 그 모습이 싫어서.

"마인…… 마인이라."

취걸은 중얼거리며 몸을 일으켰다.

마인이란 뭘까.

취걸은 그런 생각을 하면서 피식 웃었다.

"모든 방도를 동원하여 귀창을 탐색한다. 직접 해하려 하지는 마라. 어차피 무림맹의 사냥개들이 출발하였을 테니."

귀창은 철갑신창을 죽였다. 그 정도로 강하다면 거지 따위를 풀어 귀창을 잡는 것은 불가능하다.

잡을 필요는 없다. 취걸은 펄럭거리는 소매를 손으로 잡았다.

'맹주가 무슨 생각인지는 모르겠지만.'

취걸은 그를 신경 쓰지 않았다.

기껏 살아남은 사제가 마인이 되어 죽는다면 묵섬광은 어떤 생각을 할까?

취걸은 백소고가 다시 돌아오는 것을 바라지는 않았다. 그건 너무 과한 욕심이다. 그렇지만 보고는 싶었다. 사랑하는 사제의 죽음에, 그 묵섬광이 어떤 반응을 보일지.

3장
데뷔

노숙에는 익숙하다. 북쪽으로 가는 길에도 노숙을 자주 해 왔다. 북쪽에서 남쪽으로 바뀌기는 했지만 노숙을 해야 한다 는 사실은 변하지 않는다. 오히려 남쪽으로 향하는 여정이 북 쪽보다 더 조심스러웠다.

[개방을 비롯한 무림맹을 지원하는 길드와 문파들 사이에 이성민 님에 대한 추적령이 돌고 있습니다.]

이성민은 네블의 목소리에 귀를 기울였다. 네블에게는 무림 맹이 어떻게 행동하고 있는지 알아봐 달라고 부탁했다.

예상대로였다. 철갑신창을 죽인 것으로 귀창은 마인으로 규 정되었다. 위지호연이 이성민과 헤어진 것은 그들도 확인한 모 양이었지만 소천마의 존재를 떠나서 무림맹 쪽은 철갑신창의 죽음에 대해 이유를 묻고 싶은 모양이었다.

[소천마를 쫓던 사냥개들은 무림맹으로 복귀하지 않았습니다. 그들은 표적을 바꾸어 이성민 님을 추적하고 있고, 이성민 님에게는 감시의 시선이 계속해서 붙고 있습니다.]

무림맹과 직접적인 충돌은 아직 일어나지 않는다. 다행인 일이었다. 이 일에 대해서는 광천마에게도 조언을 구했다.

무림맹이라는 것은 세간의 인식처럼 그리 정의로운 집단은 아니다. 결국 사람이 모인 단체라는 것은 단체의 이익을 추구할 수밖에 없다.

무림맹은 보다 효율적으로 정파 문파와 무인들을 관리하기 위해 존속되고 있고 다양한 존재가 엉켜 살아가는 에리아에서 확실하게 '정파 무림'을 유지시키기 위해 존재하고 있는 것이다.

정파라는 것은 사파의 반대.

도가와 불가 문파를 중심으로 하여 다양한 문파가 엉킨 사상적 집단이다.

의와 협을 말하기는 하지만 모든 정파가 의와 협을 따르는 것은 아니다. 이미 그것은 오래전에 변질되었다.

다양한 차원에서 무림인들이 에리아에 소환된다. 차원마다 의와 협의 의미는 다르고, 그것을 행하는 사람도 다를 수밖에 없다. 의와 협이라는 것은 이제는 고리타분한 구시대의 사상이 되었다.

작금의 정파라는 것은 그렇다. 흔히들 악이라고 말하는 사파는 오히려 구분이 편하지만 정파는 사파처럼 편하지 않다.

"하지만 말이야. 선(善)이라는 것을 과시하기에 아주 쉽고 편한 방법이 있지. 그게 뭔지 아나?"

광천마가 웃으며 해주었던 말이 머리를 맴돈다.

"툭 튀어나온 악(惡)을 잡는 거야."

관후가 했던 말도 그랬다. 사마련은 마인에게 최소한의 통제만을 하고 있다. 그러다가 가끔씩 억눌렸던 욕망이 폭발하여 송곳처럼 주머니를 뚫고 나오는 놈들이 있다. 무림맹은 그들을 처벌하면서 의와 협을 과시한다.

'지금 나는 송곳인가?'

아니, 아직은 아니다. 그들은 이성민의 행동을 감시하고 있다. 조금 더 날카로워지도록, 조금 더 위로 튀어나오도록.

그때가 되면 그들은 장도리가 되어 이성민을 박아 넣거나 뽑아버릴 것이다.

"마찰은 피하는 편이 좋아."

광천마가 모닥불을 노려보면서 말했다.

"자네를 쫓고 있는 것은 무림맹에서 훈련된 사냥개들일세. 그들은 먹잇감을 쫓는 것에 익숙하고 지저분한 방법을 쓰는 법도 알고 있지. 개개인은 대단할 것이 없겠지만 다수가 강자를 상대할 줄은 아는 자들이야. 진법을 겪어본 적은 있는가?"

"없습니다."

이성민은 흔들리는 모닥불을 보았다. 옆에서 루비아가 고픈 배를 붙잡고서 뚱하니 입술을 내밀고 있었다. 얼마 안 가 고기가 익었고 루비아의 얼굴에 환한 미소가 피었다.

"진법은 까다로워……. 파훼법을 모른다면 된통 당할 수밖에 없지. 초월지경은 대단한 경지이지만 절대적이지는 않아. 실제로 자네는 초월지경이 아니면서도 암존을 죽일 뻔하지 않았나?"

"그가 방심한 덕에."

"크크! 그렇다고는 해도 대단한 일이지. 본좌는 꼴사납게 광증에 휘말려 버렸는데 말이야. 어찌 되었든 초월지경의 고수라고 하여도 잘 짜인 진법과 대적하는 것은 미련한 짓이야."

이성민과는 다르게 광천마는 마인으로서 살아왔다. 광증에 몸을 맡겨 여러 번의 살겁을 저지른 광천마가 아직까지 살아남은 것은 무림맹이 광천마를 내버려 둔 탓이리라.

초절정에서도 손에 꼽히는 무위를 가진 고수를 상대하기 위해서는 무림맹 쪽에서도 희생을 감수해야만 한다.

저들이 아직까지는 살피는 것에 그치고 있다면, 차라리 잘되었다. 이성민도 무림맹과 직접적인 마찰을 빚고 싶은 마음은 없었다.

마인의 낙인을 받는 것을 감수하기는 했으나, 그렇다고 마인다운 행동을 해볼 마음은 조금도 없었다.

마찰 없이 매끄럽게. 이성민은 그것을 바라고 있었다.

북쪽으로 갈수록 추워졌다면 남쪽으로 갈수록 더워진다. 평원을 덮는 수풀의 높이가 높아졌고 숲은 너무 무성해진다.

노숙이 매일 반복되었지만 루비아는 불평하지 않았다. 남쪽에서 엔비루스와 만나게 될지도 모른다. 그것이 루비아를 즐겁게 만들고 있었다.

[남쪽에는 다양한 부족이 살아가고 있습니다.]

이성민은 매일같이 네블에게서 남쪽에 대한 정보를 들었다.

[그들은 숲에서 부족의 터전을 일구며 살아가고 다양한 신앙을 가지고 있지요. 또한 남쪽에는 많은 요괴가 살아가고 있습니다.]

[요괴는 공포에서 태어난다.]

허주가 말했다.

[밤의 시커먼 어둠과 그 너머에서 들리는 시답잖은 잡음 따위에서도 요괴가 태어난다. 그렇게 태어난 요괴들은 잡스러운 놈들이지. 하지만 잡스러운 요괴여도 공포를 먹고 힘을 키운

다면 대요괴가 된다. 남쪽은 요괴가 태어나기에 적합한 환경이야. 이곳에는 도시도 드물고, 숲의 어둠을 밝힐 수단도 적지. 부족민들은 어린 시절부터 당연하단 듯이 요괴에 대한 전설과 이야기를 들으면서 자란다. 그 모든 것이 요괴를 위한 양식이 되지.]

남쪽으로 향할수록 허주는 즐거운 기색을 내비쳤다. 그는 남쪽에서 태어나고 자라 명성을 떨쳤고, 남쪽에서 죽었다.

[어르무리에는 꼭 들러보도록 해라, 꽤 멋진 도시거든.]

어르무리는 남쪽에 있는 작은 도시다. 어르무리는 에리아에서 가장 특이한 도시 중 하나이기도 했다.

밤이 끝나지 않는 도시. 백귀야행의 도시. 인간 대신에 인간과 닮은 요괴들이 활보하는 도시다.

"기회가 된다면."

광천마와는 교대로 보초를 서기로 했다. 이성민은 창을 끌어안고서 모닥불을 보았다. 가까운 곳에서는 루비아가 웅크려 잠들어 있었다. 주변에는 루비아가 경계 마법을 깔아두었지만 그것을 무조건적으로 신뢰할 수는 없었다.

숲이 깊다. 이성민은 불빛 너머를 보았다. 모닥불이 채 밝히지 못한 어둠의 너머에서 무언가가 흔들리고 있었다.

그렇게 보였다. 이성민은 자신도 모르게 침을 삼키고서 창을 더듬어 쥐었다. 어둠 너머에서 흔들리는 것의 형태가 제대로 보이지 않는다. 이성민은 눈을 가늘게 뜨고서 몸을 일으켰다. 인간이 아닌 존재가 이쪽을 보고 있었다.

"누구냐?"

이성민은 당황하지 않았다. 겁에 질리지도 않았다. 이성민의 무위는 초절정의 수준에서도 손에 꼽히는 것이고 어느 정도의 운이 작용한다면 초월지경과도 맞설 수 있을 정도다.

푸스럭거리는 소리와 함께 어둠 너머에서 아른거리던 것이 다가왔다. 그것은 거대한 뱀이었다.

시커먼 비늘을 가진 뱀은 머리를 들었다. 온기 없는 파충류의 눈이 이성민에게 향했다. 뱀의 입술 사이에서 기다란 혀가 빠져나와 츄릅거리는 소리를 냈다.

"……뱀?"

[요괴다.]

허주가 중얼거렸다. 눈을 끔벅거리며 이성민을 보던 뱀은 꼬리 끝을 들어 가볍게 흔들었다.

[너는 누구냐?]

뱀은 입술을 열지 않았으나 뱀의 목소리는 이성민의 머릿속에서 울렸다.

[인간의 거죽이 그럴듯하구나. 이곳이 이 은백사의 영역임을 알고도 침입한 것이냐?]

'은백사?'

[누군지 모른다. 제법 힘을 키운 듯하지만 탈피조차 하지 못한 것을 보면 그저 그런 잡요일 뿐이다.]

허주가 심드렁하니 말했다. 이곳까지 오면서 이성민은 허주에게 여러 가지 이야기를 들었다.

요괴라는 것은 다양한 형태를 가지고 있으나 요괴의 격이 높아지면 그들은 탈피를 통해 인간의 모습을 취할 수 있게 된다.

그것은 대부분의 요괴가 인간을 먹이로 삼기 때문이고, 보다 효율 좋은 사냥을 위해 먹잇감의 모습을 흉내 내기 때문이다.

[대답하지 않는 것이냐?]

[격의 차이도 모르는 잡요다. 죽이든지 말든지 마음대로 해라.]

은백사는 위협하듯이 몸뚱이를 일으켜 세우면서 입을 벌렸다. 이성민은 굳이 싸우고 싶지는 않아서 한숨을 푹 내쉬었다.

"귀찮게 하지 말고 물러가라."

[시건방진 녀석!]

이성민은 진심으로 은백사를 위해 그런 말을 해주었으나 은백사는 이성민의 말을 듣지 않았다.

놈이 쩍 벌린 입과 날카로운 이빨로 이성민을 물어뜯으려 들었다. 제법 빠르기는 했지만 그래 봐야 이성민을 놀라게 할 정도는 아니었다.

이성민은 손에 들고 있던 창을 빙글 돌리더니 쩍 벌린 은백사의 입안으로 창을 찔러주었다. 은백사의 기다란 몸뚱이가 통째로 창에 꿰어 버둥거렸다.

[크르라락!]

버둥거리던 은백사의 몸이 얼마 안 가 잠잠해졌다. 이성민은 은백사의 몸에 꿰인 창을 뽑아냈다.

요괴라고는 해도 겉모습은 뱀인데, 먹을 수 있지 않을까? 뱀 고기는 제법 먹을 만한데.

그래도 은백사가 말을 걸어오던 모습을 생각하니 도통 식욕이 들지 않았다.

밤이 지났다. 광천마와 교대하여 잠을 자던 이성민은 눈을 떴다.

"오, 일어났나?"

광천마가 싱글벙글한 표정을 지으면서 이성민을 불렀다. 이성민은 고기 익는 냄새에 코를 킁킁거리면서 광천마와 루비아 쪽을 보았다.

"이야, 운이 좋았지 뭔가! 저 근처에 커다란 뱀이 죽어 있는 것을 발견했네. 덕분에 아침부터 포식하게 생겼군!"

광천마의 곁에는 간밤에 이성민에게 죽은 은백사가 토막 나 있었다. 아무 사정도 모르는 루비아는 광천마의 곁에 앉아 뱀 고기를 맛있게 먹고 있었다. 워낙에 덩치가 큰 덕에 별다른 손질 없이 토막 내서 굽기만 해도 제법 그럴듯해 보였다.

"……."

이성민은 저것이 요괴임을 말해줘야 할지 말아야 할지를 잠깐 고민했다. 그러다가 결국 한숨을 푹 내쉬면서 불가 옆으로 다가왔다.

요괴의 고기이기는 했지만 은백사의 고기는 꽤 맛있었다.

차라리 고기 말고 심장을 뽑아 먹는다면?

생각이 그곳에 미치자 거짓말처럼 식욕이 사라졌다.

검은 심장을 가진 덕에 이성민은 다른 존재의 심장을 뽑아 먹는 것으로 빠르게 힘을 늘릴 수 있다. 하지만 그런 수단을 알고 있다고 하여도 좀처럼 내키지는 않았다.

[그건 네가 인간이기 때문이야.]

허주가 말했다.

[요괴가 된다면 그런 수단 따위에 아무런 거리낌도 갖지 않게 될 거다.]

그럴지도 모른다. 요괴가 된다는 것은 인간으로서 사고하지 않게 되는 것이니까.

흡혈귀가 자연스레 피를 마시게 되는 것처럼 요괴가 된다면 인간이 하려 들지 않는 짓에 거부감을 갖지 않게 된다. 그것이

싫었다.

딱히 인간으로 남아야 할 이유가 없기는 하였지만 그렇다고 인간임을 포기하고 싶지도 않았다. 게다가 엔비루스가 로이드를 통해 전했던 말이 마음에 걸린다.

'인간을 포기하지 말라고 했었지.'

그것이 어떤 의미인지는 아직 모른다. 하지만 그렇게 말한 것에는 이유가 있을 것이다.

"새끼들, 잘도 처먹는군."

척마단(斥魔團)의 단원은 눈에 붙이고 있던 쌍원경을 내려놓으면서 투덜거렸다.

"우리는 육포 따위나 처씹고 있는데 말이오. 앙? 안 그렇소?"

그는 침을 퉤 뱉으면서 들고 있던 육포를 내려다보았다.

"꼴이 이상하지 않소? 쫓겨야 할 마인들은 팔자 좋게 모닥불 피우고 잠자고 아침부터 고기를 처구워드시고 계시는데. 왜 정의로운 무림맹의 추격자인 우리는 맛대가리 없는 육포나 씹어야 하는 것이오?"

"헝그리 정신이다."

거적때기를 몸에 감은 남자가 대답했다. 그는 이 열 명의 추격대를 이끄는 척마단 예하 흑견대(黑犬隊)의 대주였다.

"배부른 돼지가 되어서는 사냥감을 쫓을 수 없다."

"니미, 개, 똥을 진짜! 대주의 X 같은 철학은 집어치우쇼. 그렇게 헝그리하고 싶으면 대주만 헝그리하면 될 것을 왜 우리보고도 처먹지 말라 지랄이요?"

"이 호로잡놈의 새끼야, 내가 안 처먹는데 너희가 처먹고 있으면 내 기분이 개 같아지잖아!"

"이런 씨팔!"

흑견주가 고함을 질렀고 대원이 가슴을 두드렸다. 둘의 머저리 같은 논쟁은 흑견대원들에게는 익숙한 것이었다.

"조금만 더 참아봐. 이 숲을 나가면 제갈세가의 영역이다. 이미 제갈세가 쪽도 도와주겠다고 말을 하였으니 이 지긋지긋한 추적도 곧 끝날 거야."

"상대는 그 광천마와 귀창인데. 제갈세가주가 직접 나서기라도 한다던가? 제갈세가주가 직접 나서지 않는다면 그 둘한테 비벼볼 수도 없을 텐데."

"제갈세가 쪽에 남궁세가와 당가의 고수도 와 있다더군."

카악, 퉤.

흑견주가 내뱉었다.

"돌잔치 때문에 말이야."

이 숲을 지나면 데븐이라는 이름을 가진 도시가 나온다.

에리아의 커다란 땅덩이에는 마탑과 문파, 길드들이 골고루 분포되어 있다.

데븐은 그중에서 정파 사대세가 중 하나인 제갈세가가 자리 잡은 도시로, 큰 도시는 아니다. 하지만 작은 만큼 데븐은 제갈세가의 확실한 영향력 아래에 있었고, 제갈세가는 데븐 주민들의 생활과 밀접한 관계를 맺고 있었다.

이성민은 네블을 통해 구입한 정보를 확인하고서 미간을 찡그렸다.

남쪽으로 내려갈수록 도시는 줄어든다. 숲은 많아지고, 햇빛은 강렬해진다. 데븐은 남쪽의 대밀림이 본격적으로 시작되기 전의, 가장 안정적이고 부유한 도시였다.

'은비룡 제갈태령.'

그와는 소림에서 한 번 마주쳤었다. 이야기를 나누지는 않았다.

이성민이 처음 소림으로 갔을 때, 그는 검룡 남궁회원과 인연을 맺었다. 가볍게 권하고 받은 의형제. 남궁회원은 이성민을 소림으로 데리고 가 소림의 방장인 불영대사를 만날 수 있도록 도와주었다.

제갈세가의 소공자인 은비룡 제갈태령은 몇 년 전에 모용세가의 화설 모용서진과 혼인했다.

그 후로 모용서진은 제갈세가에 들어와 생활하고 있었고 며칠 후가 둘 사이에 태어난 자식인 제갈우의 첫 번째 생일이다.

본래부터 친분 어린 교류를 나누고 있던 남궁세가와 당가는 제갈우의 생일을 축하하기 위해 사절을 보냈다.

그 사절에는 남궁세가와 당가에 있는 제갈태령의 동년배인 검룡 남궁희원과 독접 당아희도 껴 있다.

다른 사람들은 이성민이 알 바는 아니었으나 남궁희원이 제갈세가에 와 있다는 것이 이성민은 조금 신경 쓰였다.

"언젠가 남궁세가에 놀러 와라."

남궁희원은 소림에서 그런 말을 했었으나 이성민은 아직 남궁세가에 가 본 적은 없었다.

그리고 아마 앞으로도 갈 일은 없을 것이다. 철갑신창을 죽인 이성민은 마인이 되어 무림맹의 추격을 받고 있다. 그 추격이라는 것이 멀찍이서 감시하는 것에 지나지 않는다고 하여도 마인으로 낙인 찍힌 이성민이 남궁세가에 간다는 것은 둘 모두를 난감하게 만드는 일이다.

'쫓고 있는 것은 척마단의 흑견대.'

그들에 대한 정보도 가지고 있다. 흑견주는 초절정에 간신히 입문했다는 평을 듣는 고수이고 그를 따르는 아홉 명의 흑견대원은 절정 수준에 맴돌고 있다.

사실 이성민의 무력이라면 흑견대를 정면에서 어려움 없이 도륙낼 수 있다. 그것에는 별다른 수고도 들지 않을 것이다.

그렇게 하지 않고 있는 것은 괜스레 악명을 더하고 싶지 않아서였다.

무림맹 직속 세력인 흑견대를 몰살시킨다는 것은 무림맹과 정면으로 반(反)한다는 것. 최악의 경우에는 정파 무림 전체에 이성민에 대한 척살령이 떨어질 수 있다.

"도시에는 들어가지 않는 것이 좋겠군."

이성민이 전해 들은 정보를 확인하고서 광천마가 머리를 끄덕거렸다.

"핏덩어리 돌잔치라고는 해도 사대 세가가 모두 모인 것일세. 가주들은 오지 않은 모양이지만 가주의 자식들이 왔어. 괜히 도시에 들렀다가 자극할 필요는 없지."

검룡과 독접 둘만 온 것은 아니다. 검룡은 남궁세가의 창천검광대와 함께 왔고, 독접은 당가의 암야흑무대와 함께 왔다.

"데븐은 작은 도시예요. 남쪽 밀림은 요괴와 몬스터가 들짐승처럼 흔하게 돌아다니는 곳이고요. 제갈세가가 없었더라면 데븐은 이만큼 발전하지도 못했을 거예요. 그 때문에 데븐에서 제갈세가는 지배력은 굉장히 높죠."

루비아가 옆머리를 배배 꼬면서 말했다. 도시에 들어가서는 안 된다. 이유가 없더라면 도시에 들어갈 필요는 없을 것이다. 하지만 이유가 있었다.

[데븐에는 알라두르라는 이름을 가진 주술사가 있습니다. 저희와는 연결되어 있지 않은 주술사입니다만 데븐 내에서는 뛰어나기로 소문이 자자합니다.]

이성민은 지끈거리는 관자놀이를 꾹 눌렀다.

남쪽으로 향하는 이유는 요력을 다루는 기술을 배우기 위함이 전부가 아니다. 위지호연에게 저주를 건 권존의 위치를 탐색하기 위함도 있다.

이성민은 위지호연에게 받은 머리카락을 에레브리사와 연결된 소수의 주술사와 마법사들에게 부탁하여 권존의 위치를 쫓고자 했으나 위지호연의 머리카락만으로는 권존의 위치를 확인할 수가 없었다.

'알라두르가 권존의 위치를 알아낼 것이라는 보장은 없다.'

그렇다고 해서 알라두르를 무시하고 데븐을 떠날 수는 없었다. 거리낌 없이 데븐의 성문으로 들어갈 수는 없으니 몰래 잠입해야 한다.

이성민은 네블을 통해 옷과 가발 따위를 구입했다.

"인피면구……?"

"그렇다고 해서 진짜로 사람 가죽으로 만든 것은 아닙니다."

네블은 큭큭 웃으면서 손에 들고 있는 가면을 이성민을 향해 보여주었다.

"인피면구라는 것도 제작자가 붙인 이름일 뿐입니다. 본래 인피면구라는 것은 사람이나 동물 가죽에 정교한 작업을 가해 만드는 것입니다만…… 이건 그러한 작업과 마법의 도움을 빌었지요. 영구적이지는 않습니다만."

이성민은 가면을 써보았다. 가면의 내부는 끈적거리는 점액을 얼굴에 끼얹은 것 같은 감촉이었다.

이성민은 거울을 확인했다. 처음 보는 사람의 얼굴이 이성민을 보고 있었다.

새 옷으로 갈아입었다. 루비아는 고양이 귀를 어찌할 수가 없는지라 변장하지 않고 평소대로 빛의 구체로 몸을 바꾸어 이성민의 품 안에 숨었다.

광천마도 변장을 했다. 그는 무복을 벗고 사냥꾼의 모습을 취했다. 숲이 많은 남쪽에서는 사냥꾼이 흔하다. 머리를 풀어 헤치고 짐승 가죽을 둘둘 멘 광천마는 사냥꾼이라기보다는 산적처럼 보였지만 인피면구로 험악한 인상을 감추니 노련한 사냥꾼의 모습으로 바뀌었다.

이성민은 평범한 서생의 모습을 취했다. 매번 입고 있던 마갑도 벗어 아공간 포켓 안에 집어넣었다.

허주가 투덜거리기는 했지만 크게 문제는 없었다. 이성민의 단전 밑바닥에 허주의 요력이 고여 있는 덕분에 마갑이 없어도 언제나 심령으로 연결되어 있었기 때문이다.

흑견대의 감시가 있기는 했지만 그것을 뿌리치는 것은 어려운 일이 아니었다.

밤이 깊어졌을 때, 이성민과 광천마는 거처를 빠져나왔다. 그들은 경공을 펼쳐 단숨에 흑견대의 시선을 벗어났고 변장을 마친 뒤에 데븐의 성벽으로 향했다.

성벽 위에는 경비병들이 순찰을 돌고 있었다. 은밀함이 중요하기는 하였으나 행동은 과감했다. 초절정의 고수라는 것은 인간의 신체 능력을 아득히 초월한 자들이다.

이성민과 광천마는 순차적으로 성벽을 뛰어넘었다. 경비병들은 눈치채지 못했다.

"놈들이 감시를 벗어났는뎁쇼."

"그러라고 느슨하게 해준 거다."

대원의 보고를 들으면서 흑견주는 육포를 질겅거리며 씹었다.

"여태까지 얌전히 우리를 끌고 다녔는데, 갑자기 벗어났다는 것은…… 그만큼 껄끄러운 일을 하게 되었다는 것이겠지."

"데븐으로 간 것일까요?"

"이상한 놈들이었어. 벌써 한 달 넘게 노숙을 이어가고 있었는데 보급도 거의 하지 않고. 가끔 사냥을 하기는 했지만 사냥을 안 해도 잘 처먹더군. 물도 잘 마시고 말이야. 아공간 포켓에 식량을 꽤 많이 비축한 모양이었지만…… 슬슬 한계가 되었나 보지."

흑견주가 투덜거렸다. 사실은 이성민이 에레브리사를 통해 필요한 물품들을 꾸준히 구입한 것에 지나지 않았으나, 사정을 모르는 흑견주로서는 아공간 포켓을 떠올릴 수밖에 없었다.

"마침 잘되었군. 우리도 데븐으로 간다."

"엑…… 우리도 가야 하나요?"

"당연히 가야지, 새끼야."

내키지 않는다는 대원의 말에 흑견주가 욕설을 내뱉었다.

성벽을 뛰어넘은 이성민과 광천마는 도시의 어둠 속에 스며들었다.

당장에라도 알라두르를 찾고 싶었지만 데븐은 넓다. 게다가 알라두르는 어느 한곳에 있는 것이 아니라, 데븐의 거리를 돌아다니며 마음 내키는 대로 돗자리를 깔고 시답잖은 주술 장사를 하는 인물이었다.

관상을 보기도 하고, 손금을 보기도 한다던가. 그러한 것만

보자면 알라두르는 그리 대단해 보이는 인물이 아니었으나 알라두르가 데븐에서 뛰어난 주술사로 이름을 날리게 해준 것은 손금이나 관상 따위가 아니었다.

"놈이 사람을 그렇게 잘 찾는다고?"

"정확히 말하자면 시체를 잘 찾는다더군요."

광천마와 이성민은 허름한 여관에 들어왔다. 1층의 시끌벅적한 술집의 한 자리를 차지하고 앉아서 둘은 목을 축일 만한 술과 간단한 음식을 주문했다.

"숲에서 죽는 사람은 많지만 발견되는 사람은 많지 않습니다. 몬스터, 짐승, 요괴…… 남쪽 숲에는 시체를 뜯어 먹는 놈들이 많아요. 알라두르는 그런 시체를 귀신같이 잘 찾아낸다더군요."

"그게 주술인가?"

"주술이랍니다. 뭔지는 잘 모르겠지만 어쩌면 이 머리카락을 통해 주술을 건 권존의 행방을 추적할 수 있을지도 모릅니다."

"하지만 놈이 어디에 있는지는 모르잖나."

"조만간 알게 될 겁니다."

알라두르는 신출귀몰한 인물이었다. 데븐에 있는 것은 확실한 모양이지만 데븐에 있는 정보 길드들도 알라두르의 거처를 확인하지 못하고 있다.

이성민은 네블을 통해 알라두르의 위치에 대한 정보를 부탁해 두었다. 알라두르가 데븐의 어디에서 출몰할지는 모르지만 워낙에 유명인이니 모습을 보인다면 반드시 소문이 나게 될 것이다.

"변장하기는 했지만 데븐 거리를 돌아다니는 것은 위험합니다. 그러니 밖으로 나가지 말고 적당한 여관을 잡고서 그곳에서 숙식하면서 기다리도록 하지요."

"잘되었으면 좋겠군."

광천마가 술잔을 들면서 중얼거렸다.

방은 허름했으나 장기간의 노숙에 익숙해진 이성민은 딱히 불만은 갖지 않았다.

그는 침대에 앉아 얼굴을 덮고 있는 가면을 만지작거렸다. 불편한 것은 아니었지만 전혀 다른 얼굴을 뒤집어쓰고 행동한다는 것은 불쾌한 위화감을 계속해서 전해주고 있었다.

가면을 만지작거리던 이성민은 아공간 포켓을 꺼냈다. 그 안의 깊은 곳에 넣어둔 위지호연의 머리카락을 꺼내본다.

흰색 끈으로 잘 묶어둔 머리카락은 잘라낸 후로 조금도 변하지 않았다. 시간이 거의 흐르지 않는 아공간 포켓에 보관해 둔 덕이다.

'너는 지금 어디에 있을까.'

위지호연과 헤어지고 남쪽으로 떠난 지 한 달이 넘었다. 지금의 위지호연이 어디에 있는지, 이성민은 알 수가 없었다. 에레브리사를 통해 추적해 보려고 하였음에도 확인할 수가 없었다.

"아프지 않으면 좋을 텐데."

이성민은 머리카락을 만지작거리며 중얼거렸다.

위지호연은 마차의 창가에 머리를 기대고 있었다.

한 달 동안 마차는 계속해서 움직였다. 도시에도, 마을에도 들르지 않았다.

불편함은 거의 없었다. 공간 왜곡 마법이 걸린 마차의 안에는 살아가기 위한 모든 것이 있었고, 사실상 마차라기보다는 이동하는 집이라고 해도 좋았다.

스스로를 홍화(紅花)라고 칭한, 위지호연을 보호하는 여인들은 위지호연에게 거의 말을 걸지 않았다. 그들의 태도는 사무적이었고 위지호연의 편의에만 집중되어 있었다.

'너는 어디에 있을까.'

위지호연은 창밖을 보았다. 이성민과는 다르게 위지호연은 에레브리사를 통해 이성민의 위치를 확인하고 있었다. 은밀한 홍화의 이동과는 다르게 이성민은 노출되어 있기 때문이다.

가장 최근에 들은 정보는 이성민이 남쪽의 데븐의 근방에 와 있다는 것. 위지호연은 이성민이 천외천의 습격을 받지 않은 것에, 아직까지 무사히 살아 있는 것에 안도하고 있었다.

저주는 더 이상 악화되지 않고 있었다. 통증이 있고, 무력함은 그대로였지만 여기서 더 심해지지는 않았다. 그것은 저주를 유지하고 있는 권존이 이것 이상의 저주를 스스로 버티지 못하기 때문이기도 했다.

"불안한가?"

목소리.

위지호연은 창밖을 보던 시선을 돌려 앞을 보았다. 맞은편 자리에는 어느새 사마련주가 앉아 있었다. 위지호연은 놀라지 않았다. 이미 몇 번이나 이런 식으로 사마련주와 마주 앉은 경험이 있었기 때문이다.

"언제까지 이동하는 거지?"

"본좌가 있는 곳이 워낙에 멀어서 말이야. 너무 조급해하지는 마라."

사마련주는 반가면 아래에서 빙그레 미소를 지었다.

이번이 네 번째였던가.

위지호연은 가면의 눈구멍 너머로 보이는 사마련주의 눈을 응시했다.

네 번의 대화를 통해 위지호연은 사마련주가 어떤 사람인지 조금은 알 수 있었다. 그는 사마련이라는 사파의 가장 큰 단체의 정점에 선 인물답지 않게 말이 많았고 진중하지 못한 인간이었다.

그리고 그는 위지호연에게는 그리 큰 호의와 관심을 가지고 있지는 않았다.

'그런 주제에 나한테 계속 말을 거는 것은…… 단순한 심심풀이인가.'

아니면 무언가를 살피는 것일까?

위지호연은 심드렁한 표정을 지으면서 사마련주에게서 시선을 떼었다.

"본좌와의 대화가 즐겁지 않은 모양이지?"

"나를 싫어하는 사람과 하는 대화가 즐거울 리가."

"하하! 이상한 말을 하는군. 본좌는 너를 싫어하지는 않아. 단지 좋아하지 않을 뿐이지."

"크게 다르지 않다고 생각하는데."

"아니, 달라. 본좌가 너를 싫어했더라면 너를 보호하려 홍화를 보내지도 않았을 것이다. 너를 본좌가 있는 곳으로 데려오려 하지도 않았을 테고."

"그렇다면 무시하면 되었을 텐데."

"그럴 수는 없지. 나는 귀창, 그 꼬마가 마음에 들었거든."

사마련주가 킥킥거리며 웃었다.

"본좌는 말이다. 내버려 둬도 알아서 잘하는 천재보다는 발악하는 범재가 더 좋다."

"……범재? 이성민이? 그건 아니라고 생각하는데. 나도 처음에는 녀석이 범재인 줄 알았지만 10년이라는 시간 만에 녀석은……"

"너는 그 꼬마가 보낸 10년을 모르는군."

사마련주가 어깨를 으쓱거렸다. 그는 위지호연과 이런 대화를 하는 것에 즐거워하고 있었다.

"본좌는 알아."

사마련주가 창밖을 보았다.

"그래서 마음에 드는 거야."

위지호연은 사마련주의 얼굴을 지그시 바라보았다.

사마련주의 말을 제대로 이해할 수가 없었다. 그래서 조금, 기분이 나빴다. 자신이 모르는 이성민에 대한 일을 사마련주는 알고 있다는 것이 불쾌의 원인이었다.

내색하려 들지는 않았으나 위지호연은 사마련주를 보는 자신의 눈이 평소보다 싸늘하게 식었음을 느꼈다.

"뭐냐, 그 눈은. 질투인가?"

사마련주가 피식 웃으며 물었다. 그 질문에 위지호연은 무의식적으로 손을 들어 자신의 뺨을 더듬었다.

질투?

위지호연은 작은 목소리로 그 단어를 중얼거렸다. 그것은 위지호연이 살아온 시간 동안 단 한 번도 의식한 적이 없는 단어였다.

"……그럴 리가."

"본좌가 보기에는 그래 보이는데. 후후! 한창때니까 말이야. 젊음은 좋지. 안 그래?"

사마련주는 무엇이 그리 즐거운지 혼자 웃음을 흘렸고 위지호연은 사마련주가 웃는 것이 마음에 들지 않았다. 질투라는 감정은 부정했지만 사마련주는 마음에 들지 않는다.

"왜 가면을 쓰고 있는 거지?"

"멋지지 않나? 고작해야 가면 하나 쓴 것인데, 특별한 행동을 하지 않아도 신비로운 인상을 전해줄 수 있잖아. 나는 이런 소품을 아주 좋아해."

"고작 그런 이유로 가면을 쓴다고?"

"그래, 고작 그런 이유로 가면을 쓴다. 상대에게 신비로움을 주기 위해서. 얼굴과는 다르게 가면은 바꾸기도 편하거든."

사마련주는 손을 들어 가면을 덮었다. 손이 치워졌을 때, 사마련주의 얼굴은 다른 가면이 덮여져 있었다. 흉측한 짐승의 얼굴을 본뜬 가면이었다.

"이건 변검(變)이라는 거다. 재미있지 않으냐?"

사마련주의 손이 가면을 덮을 때마다 가면이 바뀌었다. 그것은 위지호연의 눈으로도 좇을 수 없을 만큼 빨랐다.

아무리 내공을 쓸 수 없는 상태라고 하지만 위지호연은 자신이 만전의 상태라 하더라도 사마련주의 변검은 간파할 수 없을 것이라 생각했다.

"재미없나 보군."

위지호연의 반응이 심드렁하자 사마련주는 처음의 반가면으로 돌아왔다.

그는 팔짱을 끼고서 시무룩한 듯이 어깨를 늘어뜨렸고 위지호연은 여전히 경계 어린 눈으로 사마련주를 보았다.

"너는 그 꼬마를 꽤 마음에 들어 하는 것 같은데."

"……친구니까."

"의리라는 거냐? 본좌가 보기에는 그것이 전부는 아닌 것 같다만. 뭐, 그것에 대해서는 본좌가 알 바는 아니지."

사마련주가 웃는 목소리로 중얼거렸다. 위지호연은 사마련주가 쓰고 있는 가면 너머를 꿰뚫어 보듯이 노려보는 시선을 던졌다.

"……너는…… 그 녀석에게 무엇을 하려는 것이지?"

"제자로 들일까 한다."

사마련주가 주저 없이 대답했다. 사파제일인이자 사마련의 정점에 서 있는 마황 양일천이 이성민을 두고서 제자로 들이겠다고 말하는 것이다.

그것에 위지호연은 적잖게 놀랄 수밖에 없었다. 에리아 전역에서 사마련주의 직전제자가 될 기회를 준다고 한다면 사람이 구름처럼 몰려들 것이다.

"왜 굳이……?"

"말하지 않았나? 본좌는 가만히 둬도 알아서 잘하는 천재보다는 노력하는 범재를 좋아한다고. 마침 본좌는 자식도 없고 제자도 없으니 놈이 원한다면 제자로 들여 모든 것을 잇게 할 생각이다."

위지호연은 침묵했다. 사마련주의 제자가 될 수 있다는 것은 대단한 기연이다. 하지만 왠지 모르게 위지호연은 마음 한구석이 쓰게 느껴졌다.

이성민의 무공 근간을 이루고 있는 것은 위지호연이 가르쳐 준 자하신공과 구천무극창이다.

그것은 위지호연이 보기에도 썩 대단한 무공들이었지만 사마련주의 독문 무공이라면…… 자하신공과 구천무극창보다 뛰어날 것이 틀림없었다.

그런 신공절학을 익힌다면 자하신공과 구천무극창은 버려지는 것이 아닐까.

'그럴 리가 없어.'

과한 생각이다. 아무리 신공절학이라지만 근간을 이룰 만

큰 손에 익은 무공을 버릴 정도는 되지 않을 것이다.

그렇게 생각하고 있으면서도 불안과 불쾌는 사라지지 않는다.

위지호연은 사마련주를 노려보았다. 사마련주는 그 시선을 웃음으로 받았다.

"너는 알까?"

사마련주가 중얼거렸다.

"부조리할 정도의 재능을 가진 너는 모르겠지. 그 꼬마가 너에게 인정받고, 대등해지고. 그것을 위해 살아온 10년을, 너는 절대로 알지 못할 거야."

"무슨 말을……!"

"알려주고 싶지만 그것은 본좌의 역할이 아니지. 듣고 싶다면 꼬마에게 직접 들어라."

사마련주는 그렇게 말하고서 몸을 일으켰다. 위지호연은 사마련주를 붙잡으려 들었으나 위지호연의 손이 닿기 전에 사마련주의 몸이 안개가 되어 사라졌다.

"다음에는 분신이 아닌 본신으로 만나겠구나."

사마련주가 큭큭 웃는 소리가 마차 안을 맴돌았다.

"귀창이 데븐에 와 있습니다."

흑견주의 차림은 깔끔했다. 헝그리 정신에 대해 외치던 그였지만 그런 지랄도 상황을 보며 해야 한다. 흑견대 안에서는 흑견주의 행동거지를 지적하는 사람이 없기에 마음대로 행동해도 되겠지만 이곳에서는 아니다.

덕분에 흑견주는 싫어하는 목욕도 했고 머리도 잘 빗었다. 가진 옷 중에 가장 깔끔하고 좋은 옷도 입었다.

"알고 있소."

은비룡 제갈태령은 아직 제갈세가의 가주가 되지는 않았다. 하지만 그의 아비인 제갈가주는 이미 대외적인 가문의 일들을 모조리 아들에게 떠맡기고 있다.

덕분에 흑견주는 제갈태령과 마주 앉아 있었다.

"소천마의 행방은 묘연하지만 철갑신창을 죽인 귀창을 내버려 둘 수는 없습니다. 그에 대해서는 이미 무림맹을 통해 연락을 드렸습니다만……."

"으음."

제갈태령이 천천히 머리를 끄덕거렸다. 아직 가주의 자리에 오르지 않았다고는 하나 제갈태령은 뛰어난 고수의 풍모를 내비치고 있었다.

일신의 무위도 초절정에 올랐다고 하던가?

흑견주는 냉막한 제갈태령의 얼굴을 살피면서 말을 이었다.

"세가의 경사에 누를 끼치고 싶지는 않습니다만, 가주께서 이미 약조하신 일이니 아무쪼록……."

"철갑신창 대협을 죽였다면."

제갈태령이 입을 열었다.

"귀창은 에리아에 존재하는 무인 중에서 손에 꼽을 실력을 가진 고수라고 봐야 하오만. 그런 귀창을 죽이는 것에 무림맹은 아무 도움도 주지 않겠다는 것이오?"

"저희 흑견대가……."

"댁들이 무엇을 할 수 있기에?"

제갈태령이 웃으며 물었다. 흑견주는 멋쩍은 미소를 지으며 뒤통수를 긁적거렸다.

사실 이런 대우를 받아도 할 말은 없었다. 척마단에 소속되어 있다고는 하지만 흑견주가 이끌고 있는 흑견대는 무력적인 면에서는 그리 뛰어나지 못하다.

그렇다고 추적에 능한 것도 아니다. 실제로 그들은 데븐으로 들어온 이성민 일행의 행방을 잡지 못하고 있었다.

"저희에게 너무 뭐라고 하지는 마십쇼. 제갈가주와 담판을 지은 것은 다름 아닌 맹주님이시니까."

"후후! 알고 있소. 그냥 짜증스러울 뿐이오. 귀창이라는 어려운 상대를 죽이라고 해놓고선 맹 측은 아무 지원도 해주지 않고 있으니……."

"어쩌면 가주와 은밀한 거래가 오갔을지도 모르는 일 아닙니까?"

흑견주로서는 되는대로 내뱉은 말이었지만 제갈태령은 그 말을 농으로 넘기지 못했다.

그는 잠깐 동안 입을 다물고 생각에 잠겼다.

제갈가주, 제갈유환.

제갈태령은 그의 아들로 지금까지 살아왔지만 아직까지 자신의 아버지가 어떤 인간인지 알지 못하고 있었다.

다만…… 이 손해 가득한 무림맹의 부탁을 가주인 아버지가 받아들였다면 그럴 만한 이유가 있기 때문일 것이다.

"우선 데븐 전역에 수색령을 내리도록 하겠소."

"변장을 했을 가능성도 있습니다."

"당연히 그렇겠지. 문제 될 것은 없소. 데븐에는 사람 찾는 것에 도가 튼 주술사가 있으니까."

"……주술사?"

제갈태령의 중얼거림에 흑견주가 눈을 동그랗게 떴다.

"주술 같은 것을 믿으시는 겁니까?"

"당신은 남쪽을 잘 모르는 모양이군. 이 지역에서 주술사는 특정 분야에서는 마법사보다 뛰어나다오."

제갈태령이 피식 웃으며 말했다. 흑견주는 이해할 수 없다는 얼굴이었지만 제갈태령은 군이 설명해 주지 않았다. 어차피 귀창을 사냥하는 일은 제갈세가가 맡은 일이다.

제갈태령은 흑견주와의 대화를 끝내고 몸을 일으켰다.

'당가와 남궁세가도 반응하겠지.'

귀창을 죽인다는 것은 제법 큰 명예가 된다. 단독이라면 하려 들지 않겠지만 이곳은 제갈세가가 다스리는 것이나 다름없는 데븐이다. 게다가 다른 세가와 연수까지 할 수 있으니 남궁세가와 당가가 나서지 않을 이유가 없다.

방을 나온 제갈태령은 모용서진과 마주쳤다. 모용서진은 제갈태령을 보자 딱딱하게 얼굴을 굳혔고 제갈태령은 아직 자신이 열고 나온 문이 닫히지 않았다는 것을 의식했다.

그는 흑견주의 시선을 신경 쓰면서 걸음을 옆으로 옮겼다. 그러면서 친밀한 표정을 지으며 모용서진의 허리를 끌어안았다.

"갑시다, 부인."

"……네."

모용서진이 머리를 끄덕거리며 대답했다. 힐긋 올려 본 제갈태령의 얼굴은 차갑게 식어 있었다. 모용서진은 허리를 두른 제갈태령의 팔뚝이 뻣뻣하다 느꼈다.

복도를 가로질러 흑견주가 보이지 않는 곳에 와서야 제갈태령은 모용서진의 허리에 얹은 손을 내려놓았다. 그러고는 아무런 말도 하지 않고 모용서진을 지나쳐 버렸다.

모용서진은 그런 제갈태령의 등을 잠자코 바라보았다. 조금 늦게, 모용서진은 한숨을 내쉬었다. 저런 냉담한 모습은 익숙했다.

부부로서의 애정은 이미 오래전에 식어버렸다. 가문과 가문이 엮이는 일이 아니었다면, 또 자식이 생기지 않았더라면 어떤 식으로든 파국을 맞았을 것이다.

"하아."

모용서진은 텅 빈 것처럼 느껴지는 가슴을 짓눌렀다.

하필이면.

모용서진은 복도 너머의 정원을 보았다. 그곳에 우두커니 서 있는 남궁희원과 눈이 마주쳤을 때, 모용서진은 남궁희원의 시선을 피하지 않았다. 결국 시선을 돌린 것은 남궁희원 쪽이었다.

데븐에 거한 지 이틀이 되었을 때. 알라두르의 위치가 파악되었다.

이성민은 주저하지 않고 여관을 박차고 나왔다. 그사이에 제법 사냥꾼의 행동거지에 익숙해진 광천마가 이성민의 뒤를 따랐다.

여관에 틀어박힌 동안, 이성민은 에레브리사를 통해 알라두르라는 주술사에 대해 알아보았다.

마법사들과는 다르게 남쪽을 터전으로 잡은 주술사들은 에레브리사와 연결되는 것을 꺼려 하는 경향이 강했다. 이성민이 데븐에 거주하고 있는 알라두르를 무시할 수 없었던 것이 그 이유다.

에레브리사와 연결된 주술사들을 통해 권존의 위치를 쫓으려는 시도는 해보았지만 모두 다 실패했다. 그러니 지푸라기라도 잡는 심정으로 알라두르를 찾아가려는 것이다.

이틀 동안 파악한 알라두르라는 주술사는 추적이라는 분야에 있어서는 이성민의 생각보다 더욱 뛰어났다.

거리에서 시답잖은 관상놀음이나 손금 따위를 보고는 있지만 제대로 의뢰를 받는다면 광활한 숲에서 시체를 찾는 것뿐만이 아니라 실종된 사람을 찾기도 하는 모양이었다.

[주술도 종류가 다양하지. 마법처럼 말이야.]

허주가 중얼거렸다. 남쪽에 온 이후로 허주는 말이 많아졌다. 그는 빨리 데븐을 떠나 자신의 고향에 가는 것을 바라고 있었다.

한적한 거리의 뒷골목에는 들고양이가 야옹거리는 소리를 내고 있었다. 이성민과 광천마는 걸음을 멈추고 돗자리를 깔고 앉은 사내를 바라보았다.

사내의 체구는 그리 크지 않았으나 입은 옷의 품이 워낙에 큼직한지라 체구보다 덩치가 커 보였다.

이성민은 주변을 살폈다. 아무래도 추적을 당하는 입장이다 보니 조심할 필요가 있었다.

"어이."

먼저 소리를 낸 것은 알라두르 쪽이었다. 팔짱을 끼고 앉아 있던 알라두르는 눈을 들어 이성민을 보았다. 물끄러미 이성민을 보던 알라두르가 누런 이를 드러내며 웃었다.

"이 어르신에게 뭔가 부탁이라도 하고 싶은 겐가?"

"……사람을 찾고 싶은데."

이성민은 목소리를 낮추었다. 뒷골목에는 알라두르와 고양이를 제외한다면 아무도 없었다.

이성민은 천천히 알라두르에게 다가갔다. 알라두르는 검은 피부를 가진 흑인이었다. 그는 배배 꼬인 머리카락은 손으로 더듬으면서 입술을 쩝쩝거렸다.

"그것이 이 어르신의 전문 분야지. 돈만 충분히 준다면 말이야."

알라두르가 팔짱을 풀더니 양손을 마주 비볐다. 그 속물적인 태도가 오히려 마음에 들었다. 이성민은 품 안에 손을 넣어 돈주머니를 꺼냈다.

"무엇을 찾고 싶으신가?"

돈주머니와 함께 꺼낸 머리카락 다발.

이성민은 알라두르의 맞은편에 앉았다. 그는 손에 쥐고 있던 머리카락 다발을 건네주면서 말했다.

"이 머리카락의 주인은 어떤 놈에게 저주를 받았소. 이걸 통해 저주를 건 놈의 위치를 알고 싶은데."

"꽤 어려운 주문이로군. 머리카락의 주인을 찾는 것이야 어려운 일은 아닌데…… 저주를 건 놈을 추적해 달라? 돈이 부족해."

"얼마나?"

"이것의 열 배."

못 낼 것도 없었다. 이성민이 커다란 돈주머니를 꺼내 내려 놓자 알라두르가 함박웃음을 지었다.

"그럼 솜씨 좀 발휘해 볼까."

알라두르는 머리카락을 몇 가닥 뽑더니 손 사이에 넣고 비벼대기 시작했다.

이성민은 주술을 보는 것은 처음이었기에, 뭔 짓을 하는가 싶어 알라두르의 행동을 지켜보았다. 한참을 마주 비비던 양손을 펼쳐 위로 올렸을 때, 배배 꼬인 위지호연의 머리카락이 허공으로 붕 떠올랐다.

알라두르가 입술을 달싹거리며 알 수 없는 주문을 외웠다. 그러자 공중에 떠오른 머리카락이 파직 하고 타오르며 시커먼 연기를 내뿜었다.

"지독하군!"

알라두르가 혀를 내둘렀다. 검은 연기는 퍼지지 않고 뭉쳐 허공을 맴돌았다. 알라두르가 조심스레 양손을 뻗더니 검은 연기를 어루만졌다. 그러자 연기가 흩어지더니 알라두르의 콧구멍 안으로 스며들어 갔다.

"……숲……."

알라두르가 눈을 감고서 중얼거렸다.

"넓은 숲…… 어디…… 나무가 보이는군. 아주 큰 나무가…… 귀가 긴…… 엘프들이야. 입은 옷이 화려하군. 여긴 엘프의 숲인가……?"

알라두르가 눈을 감고서 중얼거렸다. 이성민은 숨을 죽이고서 알라두르의 말을 들었다. 하지만 알라두르는 더 이상 말하지 않았다.

잠깐 동안 몸을 바르르 떨던 알라두르가 숨을 크게 내뱉으며 눈을 떴다.

"여기까지가 한계군."

알라두르가 투덜거렸다.

"상당히 수준 높은 술자가 건 저주야. 엘프의 숲…… 이라는 것은 알겠는데. 그 이상은 모르겠어."

"그거면 충분합니다."

권존은 엘프의 숲에 있다. 그것을 알게 되었으니 충분하다. 이성민은 천천히 몸을 일으켰다.

"넌 누구냐?"

등 뒤에서 목소리가 들려왔다. 골목의 입구에 잘 차려입은 남자가 서 있었다. 이성민은 머리를 돌려 남자를 보았다.

제갈태령. 몇 년 만에 보는 얼굴이고 처음 보았을 때도 힐긋 본 것이 고작이라 기억을 떠올리는 것은 힘들었으나 제갈태령이 걸친 장포에는 제갈세가의 문양이 새겨져 있었다.

"서생처럼 보이지는 않는데."

반박귀진을 완성하였다 해도 모든 이목을 속일 수 있는 것은 아니다. 제갈태령 역시 초절정에 든 고수. 그는 이성민의 반박귀진을 엷게나마 꿰뚫어 볼 수 있었다.

"그쪽도 사냥꾼처럼 보이지는 않고."

제갈태령의 두 눈이 광천마에게 향했다. 광천마는 다듬은 수염을 만지작거리면서 대답했다.

"사냥꾼이 사냥꾼처럼 안 보일 수도 있는 것이지."

"농담질 하지 말고."

제갈태령의 얼굴이 일그러졌다.

이럴 땐 운이 좋다고 해야 하는 것일까. 아니면 운이 없다고 해야 하는 것일까?

며칠 동안 모습을 보이지 않던 알라두르가 모습을 보였다기에 그를 찾아왔다. 데븐에 숨어들었다는 귀창의 추적을 부탁하기 위해서였다.

그런데 알라두르에게 추적을 부탁하기도 전에 이렇게 만나게 되어버렸다.

만날 예정 따위는 없었다. 그런 예정이 있었더라면 제갈태령은 혼자서 오지 않았을 것이다.

물론, 아직까지 눈앞에 선 어설픈 서생과 사냥꾼이 귀창과 광천마라는 증거는 없다.

하지만 어렴풋한 확신은 있었다. 얼굴이 다르고 차림새가 다르다고 하여도 그 정도는 얼마든지 위장할 수 있는 것이기 때문이다.

"무슨 말을 하는 것인지 모르겠습니다만."

이성민으로서는 제갈태령과 마찰을 빚고 싶지 않았다. 마인으로 낙인찍히고 추격당하는 입장이라 하여도 나서서 문젯거리를 부풀리고 싶지는 않았기 때문이다. 그래서 일단은 한발 물러서서 모르는 척을 해보았다.

"누구냐고 물었소."

제갈태령은 태도를 조금 누그러뜨렸다. 그는 상황을 판단했다. 제갈태령은 혼자다. 상대는 둘이다. 저 둘이 정말로 귀창과 광천마라면 제갈태령의 실력으로는 둘 중 하나도 감당하지 못한다.

여기서 따지고 시비를 걸어서 저들이 폭력적으로 나온다면?

'개죽음.'

그것이 제갈태령이 태도를 바꾼 이유였다.

[어쩔 셈인가?]

광천마가 제갈태령을 살피면서 물었다. 제갈태령이 내비치는 태도가 바뀌었다는 것은 이성민도 느끼고 있었다.

서로의 이해가 일치했다. 제갈태령은 사실이 어쨌든 둘과 마찰을 빚는 것을 원치 않고 있었다. 적어도 지금은.

"그냥 길 가는 서생입니다."

"나는 길 가는 사냥꾼."

이성민이 대답했고 광천마가 맞장구를 쳤다.

굳이 말하지 않아도 되지 않았을까 싶기는 하였지만 제갈태령은 눈썹을 씰룩거리기만 할 뿐 반응하지 않았다.

"나는 제갈태령이오."

제갈태령이 자신을 소개했다.

"다음에 또 봅시다."

"그럴 수 있다면요."

여기서 제갈태령을 죽이는 것도 가능하다. 하지만 그렇게 된다면 제갈세가와는 완전히 척을 지게 될 것이고 악명도 더 해진다.

그 후에는? 원수를 갚겠답시고 찾아오는 제갈세가의 무인들을 모조리 죽일까?

어쩌면 그리 어려운 일은 아닐지도 모른다. 다만 귀찮고 짜증스러울 것이다. 그렇게 마인으로서 악명을 떨치게 된다면 사방에서 죽이겠다고 찾아오는 놈이 많아질 것이다.

[힘을 가지고 있으면 된다.]

허주가 말했다.

[죽이겠다고 찾아오는 놈들을 모조리 쳐죽일 수 있을 만한 힘을 가지면 돼. 끝 모를 힘은 공포의 대상이 되고 끝내는 경외까지 받게 만들지. 너는 군림하고 싶은 욕심은 없는 거냐?]

'나 주제에?'

이성민이 큭큭 웃으며 답했다.

[너 정도면 군림을 논하여도 누구 하나 비웃지 않을 텐데?]

'다른 사람이 보기에는 그렇겠지. 하지만 나는 아니야. 시야가 너무 높아졌어.'

천외천의 육존자, 프레데터의 괴물들, 사마련주. 당장 이성민이 알고 있는 강자들만 이 정도였고, 위지호연도 있다.

마법사 중에서도 뛰어난 강자들은 존재할 것이다. 로이드의 스승이라는 엔비루스의 강함도 미지수다.

[자기보다 나은 사람과 비교해서는 끝이 없다.]

허주가 이죽거렸다. 그 말에 이성민은 자신도 모르게 웃어버렸다.

'알아.'

알면서도.

'앞으로 더 갈 수 있어서 좋아.'

그런 향상심을 느끼고 있는 것이 좋다. 더 멀리, 더 크게 될 수 있다는 것이.

어쩌면 지금이 한계일지도 모르지만 이성민은 그런 생각은 하고 싶지 않았다. 아직 위지호연은 멀다. 그 거리를 좁히고 싶었다.

권존의 위치는 파악되었다. 엘프의 숲. 그곳이 어디인지는 모르지만 이성민은 네블에게 엘프의 숲의 위치를 물어보았다.

[엘프의 숲이라면…… 태초의 숲을 말하는 것이겠지요.]

질문한 즉시 답이 돌아왔다.

[태초의 숲은 남쪽에 있습니다. 하지만 들어가는 것이 쉽지는 않을 겁니다. 엘프는 예나 지금이나 특급의 상품으로 거래되고 있습니다. 많은 노예 사냥꾼이 엘프를 노리고 있지요. 그런 질 나쁜 이들을 막아내기 위해 태초의 숲은 엘프를 보호하기 위한 많은 보호책이 준비되어 있지요. 태초의 숲, 그곳에 있는 엘프의 터전은 세상에서 가장 안전한 장소 중 하나입니다.]

위치는 알았다. 위지호연에게 저주를 검으로써 권존은 위지호연과 마찬가지로 약해졌다.

지금의 이성민이라면 권존이 초월지경의 고수라고 해도 어렵지 않게 죽일 수 있을 것이다.

하지만 엘프의 숲에 들어가는 것은 결코 쉬운 일이 아니다. 마음 같아서는 당장 그곳에 향하고 싶었으나 이성민은 그런 마음을 접어두었다.

아직은 안 된다. 우선 남쪽에서의 볼일을 모두 마치는 것이 먼저다.

요력을 다루는 방법을 익히고 허주의 보물을 취한다. 그 뒤에 엘프의 숲으로 향하는 것이 옳다.

"방금 온 놈들은 누구인가?"

제갈태령은 이성민과 광천마가 사라진 것을 확인하고 나서야 알라두르에게 둘의 정체를 캐물었다. 그러자 알라두르가 눈을 끔벅거리며 대답했다.

"사냥꾼과 서생이잖습니까?"

상대가 제갈태령이라는 것을 알았기에 알라두르도 마냥 껄렁한 대응은 취하지 않았다. 제갈태령은 답답한 숨을 내뱉으며 알라두르에게 다가갔다.

"귀창과 광천마를 찾고 싶다."

"거…… 제갈 나으리. 주술이라고 해서 만능은 아닙니다. 사람을 찾고 싶다면 그 사람의 물건이라든가 머리카락 같은 것이 있어야지요."

그것은 이미 확보해 두었다. 흑견주를 통해서 이성민 일행이 거했던 동굴에서 잔털 따위를 받아두었기 때문이다.

제갈태령이 머리카락을 건네자 알라두르는 권존을 찾았듯이 주술을 시작했다.

"······응? 방금 전에 왔던 손님들인데······."

더 들을 필요도 없었다. 제갈태령은 즉시 경공을 펼쳐 알라두르의 앞에서 사라졌다.

남궁희원은 감정을 내색하지 않았다. 초절정에 든 이후로 남궁희원에게서 이전의 가벼운 모습은 사라졌다.

떠들기 좋아하는 세간 사람들은 남궁희원의 검이 이미 남궁가주를 뛰어넘은 것이 아니냐 수군거리곤 했다. 분명한 것은 검룡 남궁희원이야말로 사대 명문 세가의 후계자들 중에서 제일이라는 것이었다.

'아주 다른 사람이 되었어.'

당아희는 삐딱한 자세로 서서 남궁희원을 보았다. 남궁희원의 주변에는 열다섯으로 이루어진 창천검광대가 있었다.

그것은 당아희도 마찬가지였다. 검은 무복을 입은 열 명의 암야흑무대는 옅은 존재감을 내비치며 당아희를 호위하듯 서 있었다.

"귀창과 광천마라."

당아희가 키득거리는 웃음소리를 낸다. 남궁희원은 당아희쪽을 힐긋 보았다.

"내 기억이 맞다면 귀창은 7년 전쯤에 당신이 소림에서 아우 랍시고 소개해 준 사람 같은데."

"아마 맞을 거요."

그렇게 대답하는 남궁회원의 반응은 심드렁했다. 당아희는 별 반응을 보이지 않는 남궁회원을 자극하고 싶었기에 계속해 서 말을 걸었다.

"그때 자랑스럽게 소개해 준 아우가 마인이 되고, 우리는 그 마인을 사냥하는 처지가 되었어요. 기분이 어때요?"

"왜 지랄이오?"

남궁회원의 입이 열렸다. 대뜸 욕을 얻어먹은 당아희의 눈 이 동그랗게 떠졌다.

"왜 지랄이냔 말이오. 평소에도 지랄이 많기는 했지만 오늘 따라 한층 더 지랄 맞은 것 같은데. 월경이라도 하는 것이오?"

"……뭐라고요?"

"괜히 가만히 있는 사람한테 시비 걸지 마시오, 뒈지기 싫으 면."

남궁회원의 거친 말씨에 당아희는 뒤통수를 한 대 얻어맞은 표정을 지었다.

당아희가 당한 모욕에 암야흑무대는 가만히 있지 않았다. 그들은 날카로운 암기를 꺼내며 남궁회원에게 살기를 쏟아냈다.

남궁희원은 우두커니 서서 그 살기를 정면으로 받았다. 창천검광대가 남궁희원의 등 뒤에 선다.

"그만."

제갈태령이 손을 들어 올렸다. 그는 짜증스러운 눈으로 남궁희원과 당아희를 보았다.

"돕겠다 나서준 것은 고맙지만 그런 식으로 서로 싸워댈 것이면 있는 것만도 못해."

"이렇게 좋은 먹잇감을 놓치고 싶지 않을 뿐이에요."

당아희가 내뱉었다. 그녀는 싸늘한 눈으로 남궁희원을 한번 노려본 뒤에 제갈태령을 보았다.

"귀창이라면 갑작스레 악명을 떨친 마인이고 광천마는 여태까지 왜 가만히 내버려 둔 것이 의문인가 싶을 정도의 오랜 마인이죠. 그 둘을 잡아 죽이는 명예를 제갈 오라버니 혼자서 독차지하게 둘 수는 없어요."

"말은 바로 하시지."

남궁희원이 큭큭거리며 웃었다.

"숟가락을 얹고 싶다고 말이야. 응?"

"……그건 당신도 똑같잖아!"

"오랜만에 아우를 만나보고 싶은 것뿐이야."

"설마 귀창의 편을 들겠다는 것은 아니겠지요?"

"아우가 외도를 걷는다면 형님 된 자로서 길을 고쳐 주어야 겠지."

남궁희원이 대답했다. 제갈태령은 그 둘을 말리는 것을 포기했다. 어찌 되든 좋다. 당가와 남궁세가의 전력은 막강하다. 특히나 남궁희원의 검은 제갈태령으로서도 감당할 수 없을 만큼 뛰어나다.

"이거 너무한 것 아닙니까?"

제갈태령의 곁에서 알라두르가 투덜거리는 소리를 냈다.

"싫다는 사람을 억지로 붙잡고 길잡이를 시키다니!"

"돈은 얼마든지 주마."

알라두르의 외침에 제갈태령은 마음속으로 참을 인을 그리며 내뱉었다. 이곳까지 오는 내내 알라두르는 주기적으로 저런 소리를 냈다.

"네가 원하는 만큼 돈을 주겠단 말이다. 그러니 발작하지 말고 시킨 일이나 잘하란 말이다. 더 받아 처먹으려 하지 말고!"

"아이고, 알겠습니다, 나으리."

더 이상 강짜를 부려봐야 돈을 더 뽑아낼 수 없다는 것을 알았기에 알라두르는 머리를 끄덕거렸다.

그는 몇 가닥 남은 이성민의 머리카락 중 한 가닥을 들어다가 불을 붙였다.

다른 주술은 그저 그랬지만 추적술에 있어서 알라두르는

이미 대주술사의 반열에 올라가 있었다. 오래전 스승 밑에서 수학했을 시절부터 다른 것은 몰라도 추적술 하나만은 최선을 다해 배워두었다. 돈벌이 수단으로 요긴하게 쓸 수 있을 것이라 생각했기 때문이다.

머리카락을 태운 연기가 알라두르의 주변을 맴돈다. 알라두르는 크게 입을 벌려 연기를 삼켰다. 알라두르가 지정하는 방향을 따라 남궁세가와 제갈세가, 당가의 병력이 움직인다.

"돌잔치 와서 이게 뭔 짓인지."

남궁회원이 내키지 않는다는 표정을 지으며 중얼거렸다. 그러면서도 남궁회원은 제갈태령의 곁에 서 있는 모용서진을 힐긋 보았다.

내심 모용서진이 제갈세가에 남는 것을 바라였으나 제갈태령은 전력이 부족하다며 모용서진까지 대동했다.

사대 세가뿐만이 아니라 흑견주와 흑견대원들도 일행의 말미에서 제갈태령의 행진을 따랐다.

데븐의 성문을 뛰어넘은 이성민과 광천마는 뒤도 돌아보지 않고 앞으로 달렸다.

네블을 통해 제갈세가의 토벌대가 움직이기 시작했다는 정보는 전해 들었다. 남궁세가와 당가의 전력이 더해졌고, 쭉 추적해 오던 흑견대도 그들과 합류했다.

"어쩔 셈인가?"

이성민의 곁에서 달리던 광천마가 질문을 던졌다.

"여태까지의 추격은 감시에 그쳤지만 지금은 달라. 그들은 우리를 죽이기 위해 오고 있네."

"아직 마찰은 빚고 싶지 않습니다."

"그렇다면 저 꼬리를 데리고 계속해서 가겠다는 건가?"

"가능하다면."

저들 모두를 죽이는 것이 쉽고 어려운 것을 떠나 저들을 죽이게 된다면 이성민은 정파의 공적이 된다. 저들도 언제까지고 추격할 수는 없을 테니 일단은 최대한 거리를 벌려둘 생각이었다.

[마침 잘되었군.]

이성민이 향하는 방향을 확인한 허주가 즐거운 목소리로 말했다.

[이 방향으로 일주일 정도 간다면 이 어르신이 다스렸던 숲이 나온다.]

'뭐?'

[예전에 말하지 않았느냐. 어르신이 모아두었던 보물을 너에게 주겠노라고. 그곳에 꽤 재미난 것이 많으니 이번 기회에

취해두도록 해라.]

　허주가 은근히 말해왔다. 당장 돈이 궁한 것은 아니었지만 허주가 모아둔 보물이라고 하니 제법 궁금증이 들었다. 어차피 목적지로 두고 있는 곳과 같은 방향이기도 하니 문제 될 것도 없었다.

　'그 전에 알아서 떨어져 나가주면 좋겠는데.'

　이성민은 뒤따르는 추격자들을 생각하면서 혀를 찼다.

4장
미혹의 숲

　일주일. 이성민과 광천마는 쉬는 틈도 줄여가면서 추격대와
거리를 벌리려 했다.

　어느새 그들은 울창한 밀림을 가로지르게 되었다. 습한 밀
림은 몬스터인지 일반 짐승인지 알 수 없을 정도로 해괴한 것
이 많았다.

　높고 우거진 나무는 자연의 미로였다. 아무리 감각이 날카
로운 초절정의 고수라고 하여도 이런 숲에서 방향감각을 유지
하는 것은 지극히 어렵다.

　[마나의 흐름이 이상해요.]

　그 영향을 받는 것은 이성민뿐만이 아니었다. 던전에서 지
도를 만들었듯이 마나를 사용해 주변 지형을 파악하려던 루
비아도 포기해 버렸다.

숲에 마나가 충만한 것은 유별난 일이 아니었으나 이 숲은 그것이 과해도 너무 과했다. 통제되지 않는 마나는 거친 격류와도 같았기 때문에 루비아로서도 숲을 파악할 수가 없었다.

[남쪽 숲은 마나와 요력이 뒤엉킨 곳이다. 먼 옛날부터 인간은 숲 속의 어둠과 짐승의 울음소리 따위를 두려워했지. 그런 공포에서 태어나는 것이 요괴고, 숲이 깊을수록 요괴가 많으며 요력이 들끓는다. 아무리 뛰어난 마법사라 하여도 이 숲에서 길을 찾는 것은 불가능해.]

허주가 말했다.

[숙련된 길잡이가 있다면 또 모르겠지만.]

그런 것은 없다. 에레브리사를 통해 길잡이의 중개를 받으려 시도는 해보았으나 중개 받은 길잡이들은 되려 질색하면서 머리를 가로저었다.

"미혹(迷惑)의 숲? 하하! 이 양반들, 죽고 싶어서 환장을 했군. 내 장담하건대, 그 숲에서 길잡이를 하겠답시고 나서는 이는 아무도 없을 거요. 아무리 돈이 좋다지만 목숨은 아까울 테니."

중개 받은 길잡이가 헛웃음을 내뱉으며 조언 같지 않은 조언을 해주었다. 목숨이 아깝다면 미혹의 숲에 들어가지 말라는 조언이었다.

"왜 말하지 않았나?"

[이 어르신이 살아 있을 적에 이 숲은 그냥 숲이었다.]

이성민이 내뱉는 말에 허주가 억울하다는 듯이 항변했다. 허주가 육체를 가지고 활보하던 시절은 지금으로부터 400년 전이다. 10년이면 강산도 변한다던데, 400년이라는 시간이 흘렀으니 강산이 변해도 40번은 변할 시간이다.

허주가 살아 있을 적에 이 숲은 미혹의 숲으로 불리지 않았던 모양이지만 지금은 아니었다.

이곳은 죽음의 숲이었다. 한번 들어오면 어지간해선 나갈 수 없다. 어느 틈엔가 숲의 요력과 마력은 방향 감각을 엉망으로 만들고 헤매게 만든다. 헤맴의 끝에서 탈출하는 가능성은 지극히 희박하다.

"때려 부수며 전진하면 되지 않은가?"

답답함을 느낀 광천마가 내뱉었다. 그의 양손에 시뻘건 강기가 얽혔다. 패도적인 혈환신마공이 빽빽한 나무들을 향해 쏘아졌다.

이성민은 광천마를 말리지 않았다. 여태까지는 추적자들을 신경 써서 소란을 피우려 하지 않았지만 이제는 그것도 한계였다.

벌써 반나절 동안 이 근처를 맴돌고 있다.

이성민은 시선을 옆으로 돌렸다. 큼지막한 바위에는 이성민이 새겨놓은 흉터가 남아 있었다.

반나절 전에 저 바위를 보았고 그 후로 몇 번이나 저 바위를 보았다. 그리고 지금도 그 바위를 보고 있다.

쫘아앙!

광천마의 쌍장이 앞으로 쏘아졌다. 혈환신마공의 강기가 나무를 때려 갈겼다. 하지만 나무는 부서지지 않았다.

광천마의 얼굴에 당황이 어렸다. 강철도 두부처럼 으깨 버리는 혈환신마공이 고작해야 나무 하나 부수지 못하다니?

[결계로군.]

허주가 중얼거렸다. 이성민도 창을 들었다. 그는 자신이 펼칠 수 있는 가장 위력적이고 패도적인 무공을 골랐고, 그것은 구천무극창의 칠초인 관천이었다.

혈환신마공의 강기까지 관천의 흐름에 더해진다. 조금의 시간이 흐르자 이성민의 창은 맹렬한 회전을 거듭하며 자색의 강기 다발을 줄줄이 흘려내게 되었다.

"흡!"

짧은 기합을 삼키면서 이성민은 관천을 쏘아냈다. 시간이 필요했던 만큼 관천은 광천마의 쌍장보다 더욱 위력적이었다.

하지만 나무는 그대로였다. 이쯤 되니 이성민도 경악하여 입을 벌릴 수밖에 없었다.

'결계라고?'

[이상한데…… 이렇게까지 뛰어난 결계는 들어본 적도 없다. 남쪽에 결계술에 능숙한 결계사가 많기는 하지만 네놈이 전력으로 때려 박은 공격에 흠집 하나 나지 않다니. 아니, 그건 문제가 아니야.]

'……?'

[위를 봐라.]

허주가 말했다.

이성민은 머리를 들어 하늘을 보았다. 끝이 없다 느껴질 정도로 솟구친 나무, 무성한 가지와 잎사귀의 틈바구니로 강렬한 햇빛이 쏟아지고 있었다.

[위로 뛰어봐라.]

'과연.'

정면에서 부술 수 없다면 나무 위로 올라가는 것도 방법이 된다. 그리 한다면 너무 눈에 띄게 될지는 모르지만 여기까지 와서 그런 것은 사소한 문제다.

이성민은 다리에 내공을 불어넣고 높이 도약했다. 평범한 인간의 수준을 아득히 뛰어넘은 육체가 하늘 높이 솟구친다. 이성민은 가까운 나뭇가지를 발로 딛고서 다시 한번 위로 뛰었다.

"윽?!"

쫘앙!

아무것도 없는 허공에 머리를 들이박았다. 이성민은 공중에서 휘청거리며 뒤집혔다. 그리고 믿을 수 없다는 눈으로 하늘을 보았다.

그는 급히 발을 휘저어 허공답보를 펼쳤다. 공중에서 간신히 균형을 잡고 선 이성민은 떨리는 손을 뻗어 허공을 더듬었다.

보이지 않는 막이 있었다. 힘을 주어 밀어보지만 조금도 밀리지 않는다.

[이건 놀라운데.]

허주가 껄껄거리며 웃었다.

[이 숲 전체가 결계에 휘말려 있는 거야. 이건 인간의 영역이 아니다. 아무리 초월적인 경지에 도달한 주술사라고 해도 이 넓은 숲 전체에 결계를 거는 것은 불가능해.]

"그렇다면?"

[어쩌면 이 어르신이 다스리던 숲에 짜증스러운 놈이 똬리를 튼 것일지도 모르겠군.]

허주의 웃음소리가 진해졌다.

"빌어 처먹을. 내가 살아생전 미혹의 숲에 오게 되다니……."

알라두르가 탄식을 내뱉었다. 징징거리는 소리에 제갈태령은 알라두르를 죽여 버리고 싶다는 충동을 느꼈지만 그렇다고 실제로 행동할 수는 없었다. 이 끔찍한 숲에서 알라두르는 일행을 이끌 수 있는 유일한 길잡이였다.

"끔찍해."

주저앉아 휴식하고 있는 당아희가 눈가를 찡그렸다. 한서불침의 고수라고 해도 남쪽의 습한 더위는 짜증스럽게 느껴진다. 그리고 걸어도 걸어도 변하지 않는 풍경을 보고 있자면 정신병에 걸려 버릴 것만 같았다.

"멘탈 단단히 잡으쇼."

"멘…… 뭐?"

"마음 말이오, 마음."

알라두르가 일행을 보며 고함을 질렀다.

"빌어 처먹을! 당신들은 정말, 이 숲에 대해 아무것도 모르는군. 다른 사람들은 몰라도 제갈 나으리, 당신까지 이 숲에 대해 무지할 것이라고는 생각지도 못했는데! 데븐에서 고작해야 일주일 정도 떨어진 곳에 있는 숲인데, 아무 소문도 듣지 못한 거요?!"

알라두르가 벌떡 몸을 일으켰다. 그는 원망이 가득 찬 눈으로 제갈태령을 노려보았다. 제갈태령이 강압적으로 나오지 않았더라면 알라두르는 절대로 이 숲에 오지 않았을 것이다.

"……미혹의 숲에 대해서는 알고 있다. 사람이 살지 못하는 숲, 요괴가 들끓는 숲, 한 번 들어오면 나갈 수 없는 숲."

제갈태령이 대답했다.

"대체 뭘 두려워하는 것이냐? 네 눈에는 이곳에 있는 이들이 우스워 보이냐? 남궁세가의 창천검광대가 열다섯, 당가의 암야혹무대가 열, 제갈세가의 현환충검대가 스물이다! 마흔다섯의 고수에 각 세가의 후계자가 모두 이곳에 있단 말이다. 아무리 강력한 요괴가 나온다고 하여도……."

"이래서 무림인들이란!"

알라두르가 얼굴을 일그러뜨렸다. 그는 답답하다는 듯이 가슴을 두드리며 외쳤다.

"댁들은 그 몸뚱이에 익힌 무공에 너무 과한 자신감을 가지고 있는 것이 탓이야! 무공을 익혀봤자 인간은 인간이고, 인간은 머리가 빠개지거나 심장이 터지거나 옆구리가 찢어지거나 하면 깨꼬닥 죽어버리는 나약하기 짝이 없는 존재라는 것을 대체 왜 모르는 거요?!"

"뭐……?"

"댁은 미혹의 숲에 대해 몰라도 너무 몰라. 하긴, 모를 수밖에 없지! 이 숲의 진실에 대해 알고 있는 것은 극히 일부의 주술사들뿐이니까. 빌어 처먹을 늙은이들, 금기랍시고 아가리를 닥치고 있으니 이런 병신 놀음이 일어나는 것인데……!"

"진정하고."

알라두르가 침을 튀기며 고함을 내지르자 남궁회원이 입을 열었다.

칼날같이 예리한 기세가 알라두르에게 향했다. 그것은 눈에 보이지 않는 무형의 칼날이었고 알라두르는 그 싸늘한 칼날이 목젖을 훑는 것 같은 기분을 느끼며 꿀꺽 침을 삼켰다.

"알아듣기 쉽게 설명해."

"……400년 전에 대단한 요괴가 있었소."

알라두르는 자신도 모르게 목젖을 손으로 훑으면서 내뱉었다.

"대단한 괴물이었다는군. 그 요괴 하나를 잡자고 어마어마한 퇴마사와 실력자들이 동원되었을 정도니까."

"400년…… 오래전이로군. 제갈세가가 데븐에 터전을 잡기도 전이야."

제갈태령이 중얼거렸다. 그 말을 듣고서 알라두르가 입꼬리를 씰룩거렸다.

"명문세가라고 하여도 결국은 인간으로 이루어진 것이니까. 400년이라는 시간은 보통의 인간이라면 살아갈 수 없는 시간이오. 어쨌든…… 400년 전에 이 숲은 그 요괴가 다스리는 영지였소. 하지만 그 요괴는 죽었지."

"그래서?"

"요괴라는 것은 그 어떤 몬스터와도 다른 이질적인 존재요. 그들은 추상적인 개념을 어미로 삼고 있단 말이오. 그러니까……"

알라두르가 우거진 수풀을 힐긋 보았다.

"……수풀이 흔들린다고 칩시다. 당연히 이렇게 생각할 것이오. 작은 동물이 있나? 뭐, 그런 생각. 하지만 수풀을 뒤져 보니 동물 같은 것이 보이지 않았다면?"

"바람이 불었다고 생각하겠지. 아니면 수풀을 뒤흔든 동물이 잽싸게 도망쳤거나."

"그런 생각도 일반적이지. 하지만 어떤 종류의 사람들은, 거기서 공포를 느끼는 거요. 대체 뭐가 수풀을 흔든 것일까 하는."

"……그래서?"

"공포라는 것은 돌발적인 감정이오. 어둠 속에서 누군가의 시선을 느낀 적은 없소? 아무리 대단한 무공 고수라고 하여도 공포를 느낄 때는 있겠지. 특히나…… 어린아이일 때 말이오. 혼자 잠드는 것이 두려웠던 적은 없소? 침대 밑에 괴물이 있지 않을까 하는 생각은? 무서운 이야기를 듣고서 밤에 혼자 화장실에 가는 것을 두렵게 여겼던 적은 없소? 비 오는 날 요란하게 울리는 벼락을 두려워한 적은?"

"……있겠지, 사람이라면."

"요괴는 그런 공포에서 태어나는 거요."

알라두르가 한숨을 내쉬며 내뱉었다.

"그런 것에서 태어났기 때문에 요괴는 상대하기 힘든 거요. 인간의 공포에서 태어났기에 그들은 인간의 천적이라고 할 수 있지. 물론, 그렇게 태어난 요괴가 모두가 끔찍할 정도의 강력함을 가지고 있었다면 이미 오래전에 인간의 씨는 말라 버렸을 거요. 공포를 어미로 두고 태어난 요괴 중에서 극히 일부가 대요괴라 불리게 되고, 그들은 인간의 상식을 아득히 벗어난 힘을 가지고 있소. 400년 전에 죽은 그 요괴, 허주는 그런 대요괴 중에서 가장 강력하다는 소리를 듣는 괴물이었고."

"왜 400년 전의 이야기를 하는 것인지 모르겠군. 그 허주라는 요괴가 살아 있는 것도 아니고 이미 죽었다고 했으면서."

"요괴는 공포에서 태어난다고 말하지 않았소?"

알라두르의 눈이 우울함으로 물들었다.

"요괴에게도 죽음은 존재하고 있소. 하지만 대요괴…… 어마어마한 양의 공포를 공양받은 대요괴는 요괴이면서 요괴가 아닌 애매한 경계에 서게 되오. 특히 이 숲은 그 요괴가 다스리던 영지. 이 숲에서 공포를 느낀다는 것은 그 요괴의 잔재를 불러일으킬 가능성이 있다는 말이오."

"부활한다는 건가?"

"그것과는 다르지. 이 토지에 새겨진 대요괴의 공포를 양식으로 삼고서 전혀 다른 요괴가 탄생할지도 모르는 것이니까. 그리고…… 그것뿐만이 아니오. 이 숲이 위험한 것은 과거 허주가 이곳을 다스렸다는 것과는 상관없는 다른 이유가 있어."

알라두르가 자리에 털썩 주저앉았다.

그가 스승을 떠나기 전에 들었던 이야기다. 폐쇄적인 주술사들은 외부와 거의 교류하지 않는다. 에레브리사라는 정체모를 길드가 접근했을 때에도 대부분의 주술사는 그들과 교류하는 것을 거절했다. 알라두르의 스승 역시 그런 주술사 중하나였다.

아직도 살아 있는 것인지는 알 수 없었으나 스승은 제자들을 모아놓고 이런 말을 곧잘 하곤 했다.

절대로 미혹의 숲에는 가지 마라. 그곳에는 불사의 괴물이 있다.

"……불사의 괴물?"

알라두르의 말을 듣고서 제갈태령은 웃음을 터뜨렸다.

"이거야 원…… 대체 무슨 말을 하는가 했더니. 불사의 괴물? 하하하!"

한참을 웃던 제갈태령이 머리를 가로저었다.

"이 세상에 불사 같은 것은 존재하지 않아. 긴 세월을 살아가는 아인들도 결국은 죽지. 고작 그런 것에 겁에 질려 있던 건가?"

"괴물은 실재하오."

"본 적은?"

제갈태령의 질문에 알라두르는 대답할 수가 없었다. 미혹의 숲에 온 것은 그도 처음이었기 때문이다.

"불사의 괴물뿐만이 아니오. 말하지 않았소……! 이 숲은 허주의 죽음으로 인해 그가 공양받았던 막대한 공포가 잠들어 있소. 넘치는 요력이 남아 있다는 말이지! 그 요력을 취하고자 하는 수많은 요괴가……."

"나타난다면 베어 죽이도록 하지."

"이런 씨발……!"

제갈태령의 대답에 알라두르가 답답한 가슴을 두드렸다.

"휴식은 여기까지다."

제갈태령은 허리춤의 검을 뽑더니 알라두르를 겨누었다.

"귀창과 광천마를 추적해라."

제갈태령의 눈이 살벌한 빛을 담았다.

"그 둘을 죽여야 이 숲을 나갈 수 있을 테니까."

이 숲 전역에 결계가 펼쳐져 있다는 것을 알게 되고서 이성민과 광천마의 행동은 조심스러워질 수밖에 없었다. 나무를 때려 부수며 전진하는 것도 불가능하고 나무의 위까지 도약하는 것도 불가능하다.

혹시나 싶어서 일정 높이의 나뭇가지를 뛰어다니며 길을 찾아보려고도 했지만 감각을 엉키게 하는 결계의 힘은 숲 전체에 작용하고 있었다.

[이 정도의 결계를 술자 본인의 힘으로 유지하고 있는 것은 불가능해.]

허주가 그를 단언했다.

[그것이 가능한 이는 존재하지 않는다. 숲 전체를 파괴할 수 있는 녀석은 얼마든지 있겠지만 이렇게까지 공간을 엉키게 하는 것은 절대로 불가능하다.]

"상대가 인간이 아닐 경우에는?"

[긴 세월 살아가는 인외의 주술사라고 해도 마찬가지다. 아니, 가능은 하겠지. 하지만 견고해도 너무 견고하잖아. 술자가 토지 자체의 힘을 끌어다가 결계를 형성했다고 볼 수밖에 없겠군.]

방향성을 바꾸었다. 이성민은 당장 미혹의 숲에서 길을 찾는 것보다는 미혹의 숲에 대해 먼저 알아가는 것이 먼저라고 생각했다.

네블을 통해 연결된 것은 이전에도 본 적이 있는 주술사였다. 위지호연에게 걸린 저주를 해주하는 것을 부탁하였으나 불가능하다는 이야기를 들었던 그 주술사.

"또 보는군."

헝클어진 수염을 가진 주술사는 이성민을 향해 누런 이를 드러내며 웃었다. 이성민은 의구심이 들어 질문했다.

"미혹의 숲에 대해 묻고 싶은 것인데 왜 주술사인 당신이?"

"자네는 정말 아무것도 모르는 모양이군. 미혹의 숲에 대해 제대로 알고 있는 것은 정보팔이가 아닌 주술사들이야."

주술사가 낄낄 웃으면서 배배 꼬인 수염을 손가락으로 잡아당겼다.

"이곳은 400년 전 대요괴 허주가 근거지로 삼았던 숲이고 허주가 죽으면서 주인을 잃은 공포들이 숲에 깃들었지."

[……음.]

그 말에 허주가 작은 신음을 내뱉었다.

"400년 동안 숲은 받아먹은 공포에 걸맞게 누구에게나 공포를 전해주는 숲으로 변이해 버린 거야. 대부분의 존재가 숲에 대해 품는 공포. 들어가면 나올 수 없고 무엇이 튀어나올지 알 수 없는…… 그런 것들로 말이야."

[이제야 알겠군.]

주술사의 말을 들으면서 허주가 중얼거렸다.

[이 어르신이 남긴 공포가 숲을 변이시켰다니. 어쩐지 요력이 너무 들끓고 있다 싶었어. 설마 이렇게 될 줄이야.]

'너도 몰랐던 거냐?'

[이 어르신이 육체를 잃은 뒤에 생긴 일이다. 아무리 그 공

포의 본 주인이 이 어르신이라고 해도 알 수 있을 리가 없지.]

"자체적으로 요기를 띠게 된 숲에 다른 요괴들이 기어 들어 왔지. 이곳은 요괴에게 있어서는 매력적인 곳이거든. 이곳에 존재하기만 하는 것으로도 공포를 공양받을 수 있으니 말이 야. 정보팔이들이 미혹의 숲에 대해 잘 알지 못하는 것도 그런 이유일세. 이곳에 들어와서 살아 나가는 인간은 그리 많지 않 거든."

주술사가 껄껄 웃었다. 그는 이성민을 바라보며 말했다.

"조언을 하나 해주자면 이곳에 너무 오래 머무르지는 말게. 아직 밤이 아니니 다행이군. 밤이 되면…… 힘들어질 거야. 숲 의 밤이 컴컴하다는 것은 자네도 알겠지? 거기서 언제, 무엇이 튀어나올지 모르게 되는 것일세. 그런 공포가 계속되면…… 사람은 미쳐 버려. 공포에 미쳐 버린단 말일세. 그 뒤에는? 요 기에 정신을 빼앗겨 요괴도 인간도 아닌 존재가 되어 숲을 헤 매다 죽어버리겠지. 혹은 요괴의 한 끼 식사가 되거나."

"……이 숲에 있는 요괴들에 대해서는 알고 계십니까?"

"적귀(赤鬼)라는 요괴를 아나?"

들어본 적이 있는 이름이었다. 이성민은 자신과 심령으로 연결되어 있는 허주를 의식했다. 허주가 놀란 목소리로 중얼 거렸다.

[적귀? 적귀라면 프레데터에 있는 요괴의 왕인데?]

"적귀가 이곳에 있다는 겁니까?"

"본래 적귀는 어르무리에 군림하던 요괴의 왕이었지. 하지만 몇 년 전에 어르무리에서 있던 다툼에 패배하고 잠적했었네. 그리고 지금은 이곳, 미혹의 숲에 있다더군."

[적귀가 패배했다고?]

허주의 목소리가 커졌다.

[그럴 리가. 400년 전에도 이 어르신만큼은 아니어도 힘깨나 쓰던 놈이었는데, 대체 누가 적귀를 패배시켰다는 말인가?]

"……누가 적귀를 패배시킨 겁니까?"

"지금 어르무리를 지배하고 있는 것은 아홉 꼬리를 가진 여우일세. 본명인지 아닌지는 모르겠지만 어르무리의 요괴들은 그 여우를 두고 야나(夜娜)라고 부르고 있지."

[구미호……. 까다로운 요괴로군.]

긴 세월 살아 요성을 띤 여우는 꼬리를 하나씩 늘려가고, 그것이 아홉이 되었을 때 막대한 요력을 가진 구미호로 화하게 된다.

"적귀만 이곳에 있는 것이 아니야. 남쪽에서 나름 이름을 날리던 요괴들도 이곳에 있지. 하지만 가장 위험한 것은 적귀가 아닐세. 이 숲에는 불사의 괴물이 있어."

"그건 또 뭡니까?"

"말 그대로 불사의 괴물이지. 숲에서 태어난 불사의 괴물.

이름도 모르고 어떻게 생겼는지도 모르지만 그 숲에서 살아가고 있는 것은 확실해. 내가 그 숲에 대해 알고 있는 것은 그것이 전부일세. 다른 주술사들도 이 외의 이야기는 알지 못하겠지."

주술사는 그렇게 말하면서 끌끌 웃었다.

"다시 말하지만 밤을 조심하게. 아니면 그 숲을 떠나든가. 아직은 늦지 않았을 테니 말이야."

주술사와의 연결이 끊어졌다. 이성민은 입을 다물었다. 허주를 원망할 수는 없었다. 허주도 이 숲이 이렇게 되어버렸다는 것은 모르고 있었을 테니까.

[어쩔 테냐?]

허주가 물었다. 계속해서 숲을 전진하는 것은 여러모로 위험이 크다.

요력을 띄게 된 미혹의 숲을 가로지르는 것도 그렇고, 이 숲에 있다는 적귀와 불사의 괴물도 신경 쓰인다. 얽히지 않을 수 있다면 얽히고 싶지 않은 것이 솔직한 마음이었다.

'네 보물들, 이런 위험성을 끌어안을 만큼 가치가 있는 것일까?'

[물론.]

허주가 확신에 찬 목소리로 답했다.

[이 어르신이 모아놓은 보물은 돈 따위가 아니다. 네가 취한

다면, 어떤 식으로든 네가 앞으로 살아가는 것에 큰 도움이 될 것이다.]

여기서 고민해야 하는 것은 이성민이었다. 현재 남쪽에서 이성민이 해야 할 일은 셋이다. 남쪽 부족을 찾아가 요력을 다루는 법을 익히는 것과 권존이 은둔하고 있는 태초의 숲에 가는 것.

그중 이성민이 가장 앞장서서 하고 싶은 것은 권존을 죽여 위지호연의 저주를 끝내는 것이었으나 기왕 여기까지 온 김에 허주의 보물을 먼저 취하는 것도 나쁘지는 않을 것 같았다.

'위험이야 언제든지 있었지.'

보상이 확실하다면 위험하다고 해도 한번 해볼 만하다.

이성민은 몸을 일으켰다. 그래도 여러 가지를 알게 되었다. 이 숲에 과거 프레데터에서 요괴의 왕으로 있던 적귀가 있다는 것과 불사의 괴물이 있다는 것, 그리고 이 숲이 다름 아닌 허주가 남긴 공포로 인해 변이된 결과라는 것.

'여기까지 와서 돌아갈 수는 없지. 그래서, 네 보물은 어디에 있다는 거냐?'

[숲의 형태가 완전히 변하지 않았다면 숲의 중앙에 어르신이 살던 저택이 있을 거다.]

'400년이나 흘렀는데 저택이 그대로 있을까? 그리고, 네 보물도 다른 녀석이 훔쳐갔을지도 모르잖아. 너도 들었겠지만

이 숲에는 다양한 요괴가 와 있다는데?'

[아니, 그런 일은 일어나지 않는다. 저택이 사라졌을지도 모르는 일이지만 그 위치에 간다면 보물은 얻을 수 있어. 다른 놈이 보물을 훔쳐가는 것도 불가능해.]

허주가 그렇게까지 말하니 일단은 믿을 수밖에 없었다.

이성민은 숲을 돌파하기로 마음먹었다. 주술사가 충고하기는 했지만 당장은 이 숲에서 도저히 어찌할 수 없다는 상황도 맞닥뜨리지 않았기 때문이다.

[공포에 미친다고 했지. 네놈과 저 머저리는 운이 좋구나.]

허주가 칭하는 머저리는 광천마였다.

[너희 둘은 이 어르신의 요력에 물들어 있다. 좋든 싫든 이미 인간과 요괴의 경계에 서 있다는 것이야. 이 숲에서 공포를 느낄망정 너희는 미치지 않을 것이다.]

특히나 허주는 이성민에 대해서는 확신을 품고 있었다.

이성민의 정신력은 인간이라고 생각할 수 없을 정도로 강력하다. 심약한 이들이라면 공포를 이겨내지 못하여 미쳐 버릴 것이고 이 숲의 요력이 무공 고수의 정신까지 무너뜨릴 수 있다고 하여도 이성민이 미쳐 버릴 일은 없을 것이다.

[네놈을 뒤따라 온 추격자들은 불행한 일을 겪겠군.]

허주가 끌끌거리며 웃었다. 그것까지는 이성민이 신경 써줄 수가 없었다.

잠깐 남궁희원의 생각이 나기는 했다. 그리 길지 않은 인연이라고는 해도 형님으로 불렸던 사람이다.

'어쩔 수 없어.'

그 남궁희원은 이성민을 죽이기 위해 이곳에 왔다. 이성민은 남궁희원에 대한 생각을 접어두었다. 남의 안위를 신경 쓸 처지도 아니기 때문이었다.

그리고, 밤이 되었다.

귀창 쪽이 알아차릴 위험이 있기는 했지만 알라두르가 하도 외쳐 댄 탓에 제갈태령은 어쩔 수 없이 크게 불을 피웠다.

크게 피운 불은 숲의 어둠을 밝힌다. 몇 개나 피운 불씨의 주위로 사람들이 모여 앉았다. 오십 명에 달하는 대인원이었기 때문에 불은 클 수밖에 없었다.

아직 잠들기 전이다. 각자가 아공간 포켓에서 먹을 음식과 음료를 꺼냈다.

제갈태령은 못마땅한 눈으로 알라두르를 노려보고 있었다. 제갈태령이 자신을 좋게 생각하지 않는다는 것을 알기에 알라두르는 제갈태령과 떨어진 곳에 앉아 음식을 입안에 집어넣고 있었다.

"겁을 준 것치고는 그리 대단할 것도 없네요."

제갈태령의 근처에 앉은 당아희가 웃으며 말했다.

그 말대로였다. 방향을 잡기 힘들고 길을 헤매고는 있었지만 이 숲은 알라두르가 말한 것처럼 그리 위험하게 느껴지지 않았다.

짐승 따위는 마주쳤어도 아직 요괴는 만나지 않았다. 사실 마주쳐도 상관은 없었다. 아무리 강력한 대요괴가 나타난다고 해도, 오십 명에 달하는 무공 고수라면 어렵잖게 사냥할 수 있을 것이다.

"제 혼자 겁에 질려 외친 말들일 뿐이다. 신경 쓸 가치도 없어."

"하지만 귀찮은 것은 사실이잖아요? 방향을 잡기도 힘들고. 이미 몇 번이나 헤매고 있어요."

"그것까지는 어쩔 수 없지. 이 숲은 불길한 결계의 영향을 받고 있다. 이럴 줄 알았으면 숙부와 함께 올 것을 그랬군."

제갈태령이 미간을 찡그리며 투덜거렸다. 제갈세가는 무공뿐만 아니라 진법에도 능숙하다. 특히 제갈태령의 숙부인 신기자 제갈원후는 무공보다는 술법에 능숙한 위인이었다.

"이제 와서는 늦었잖아요? 그보다 오라버니, 이렇게 있으니 옛날 생각이 나네요. 기억나요? 제가 어린 시절……."

당아희가 그녀답지 않게 화사한 미소를 지으며 떠든다. 제갈태령도 그런 당아희의 말에 가느다란 미소를 지으며 화답을 해주었다.

제갈태령의 근처에 앉은 모용서진은 말없이 모닥불을 들여다보았다. 부부라고는 해도 애정은 이미 없고, 지금 상황에서는 그것이 더욱 부각되고 있었다. 하지만 내색할 수는 없었다.

모용서진은 한숨을 삼키면서 몸을 일으켰다.

"어디를?"

건너편에서 검을 끌어안고 앉아 있던 남궁희원이 모용서진을 보았다. 제갈태령과 당아희도 대화를 멈추고 일어선 모용서진을 보았다. 이목이 집중되자 모용서진은 짧은 헛기침을 내뱉고선 얼굴을 옆으로 돌렸다.

"……화장실에."

"풋!"

모용서진의 대답에 당아희가 웃음을 터뜨린다. 제갈태령은 짜증스러운 표정을 지으며 나뭇가지를 들어 모닥불을 들쑤셨다.

"빨리 다녀오시오, 숲이 어두우니까."

부끄럽게 여기는 것이겠지.

모용서진은 제갈태령을 원망하지는 않았다. 그런 감정을 느낄 시기는 이미 오래전에 지났기 때문이다.

남궁희원이 천천히 몸을 일으켰다.

"같이 가드리죠."

"……네?"

"숲의 밤은 위험하오. 특히나 이곳은 요괴의 숲이라고 하니, 경계할 필요가 있잖소."

"지금 여자가 화장실 가는 것을 따라가겠다는 거예요?"

당아희가 이죽거렸다. 하지만 남궁희원의 표정은 바뀌지 않았다.

"남편 되신 제갈 형님이 엉덩이가 무거우신 듯하니, 동생 된 내가 대신 가드려야 하지 않겠소?"

제갈태령의 얼굴이 싸늘하게 식었다. 모용서진은 어쩔 줄 몰라 하다가 홱 하고 몸을 돌렸다.

"……나도 무공을 익혔어요. 당신과 비교하면 어린아이 수준이겠지만 그래도 내 한 몸 지킬 힘은 있어요."

"하지만……."

"따라오지 마세요. 나를 모욕하려는 건가요?"

모용서진이 내뱉었다. 그러고선 빠른 걸음으로 불가에서 멀어진다. 그런 모용서진의 등을 힐긋 보던 당아희가 얄미운 웃음을 흘렸다.

"그러니 왜 괜한 짓을 하고 그래요?"

"마저 떠들기나 하시오."

남궁희원은 자리에 털썩 앉으며 대답했다. 제갈태령은 남궁희원의 얼굴을 말없이 노려보았다.

이곳이 미혹의 숲만 아니고 창천검광대가 없었다면…… 그런 생각을 하다가 제갈태령은 피식 웃었다.

"희원, 자네도 이미 나이가 나이인데, 결혼할 생각은 없나?"

"그런 말은 나 말고 저기 저 당가네 아가씨한테나 하지 그러시오?"

"하긴, 서로가 짝이 없는 것은 같으니. 말이 나온 김에 둘이 짝이 되는 것도 괜찮을 것 같군."

"오라버니, 무슨 말을 그렇게 하세요?"

당아희가 질색이라는 표정을 지었다. 남궁희원은 반론할 가치도 느끼지 못하여 입을 다물었다.

얼마 지나지 않아서.

꺄아아악!

멀지 않은 곳에서 비명이 들려왔다.

그 비명에 가장 먼저 반응한 것은 다름 아닌 남궁희원이었다. 그는 길게 이어진 비명이 채 끝나기 전에 이미 경공을 펼쳐 불가를 떠나고 있었다.

그보다 조금 늦게 제갈태령이 얼굴을 일그러뜨리면서 벌떡 몸을 일으켰다. 놀란 것은 당아희나 다른 무인들도 마찬가지였다.

알라두르는 이럴 줄 알았다는 듯이 머리카락을 쥐어뜯었다.

단숨에 비명의 근원지로 도착한 남궁희원은 멈칫 굳어서 섰다.

주저앉은 모용서진은 남궁희원을 보고서 급히 옷매무새를 가다듬었다. 하지만 얼굴은 창백하게 질려 있었고 바짓단을 당기는 손은 덜덜 떨려서 제대로 되지 않았다.

남궁희원은 모용서진 쪽을 보지 않으면서 걸치고 있던 장포를 벗어 모용서진에게 던져 주었다. 모용서진은 머뭇거리며 그를 받아 자신의 몸을 가렸다.

"무슨 일이오?!"

제갈태령과 다른 세가의 무인들이 도착했다. 제갈태령은 남궁희원의 옷으로 몸을 가리고 있는 모용서진을 노려보았다.

걱정보다는 짜증과 분노가 솟구쳤다. 괜한 짓을 하여 남편인 자신을 부끄럽게 만들었다는 것에 대한 분노였다.

"저, 저기……!"

모용서진을 대신하여 당아희가 입을 쩍 벌리며 손가락을 들었다. 그녀가 가리키는 방향은 모용서진이 주저앉아 있던 자리의 건너편이었다.

불빛이 채 닿지 않는 수풀의 너머에서 희끄무레한 무언가가 흔들리고 있었다.

잘못 본 것이 아니었다. 모두가 그것을 보았고 그것이 모두에게 보였을 때, 그것은 보다 선명한 윤곽을 가지면서 끔찍한 모습의 괴물이 되었다.

"요괴!"

제갈태령이 고함을 질렀다. 놀라기는 하였으나 그는 공포를 느끼지는 않았다. 그는 땅을 박차고 뛰어가 흔들리는 요괴의 몸뚱이를 향해 검을 휘둘렀다.

싸아악!

예리한 참격이 요괴의 몸을 양단했다.

'아니……?'

요괴의 몸을 베어낸 제갈태령은 당황을 느꼈다. 베어내기는 했는데 '베었다'라는 감촉이 전혀 없었다. 제갈태령은 급히 발을 뒤로 끌면서 몸을 뺐다.

양단된 요괴의 잔영이 흔들리더니 다시 하나로 뭉친다. 그것은 다시 형태를 바꾸어 흉측한 요괴의 모습에서 뭔지 알 수 없는 연기의 덩어리로 변했다.

"물러서쇼!"

알라두르가 급히 외쳤다. 이런 분야에 있어서 전문가는 사람 죽이는 기술을 가진 무림인이 아닌, 주술사 알라두르였다.

알라두르는 시커먼 손을 움직여 품 안에 집어넣었다. 잠시 뒤 그가 꺼낸 것은 눈을 감고 있는 목상(木像)이었다.

목상이라고 해서 부처의 모습을 하고 있는 것은 아니었으나 알라두르는 그것을 조심스레 양손으로 앞으로 내밀었다.

알라두르가 입술을 달싹거려 주문을 왼다. 그러자 목상의 두 눈이 번쩍 뜨여졌다.

까아아아!

눈을 뜬 목상이 삐걱거리며 입을 벌리더니 날카로운 비명을 질렀다. 그러자 흔들리던 연기가 펑 하고 흩어졌다.

"대체…… 뭐였던 건가?"

그것을 모두 지켜보고 있던 남궁희원이 조심스레 물었다. 알라두르는 막힌 호흡을 길게 내뱉고서 대답했다.

"악령(惡靈)이오."

"악령……?"

"댁들도 어린 시절 귀신 이야기는 곧잘 들었을 것 아니오? 말 그대로 저것은 악령이오. 아니, 굳이 따지자면 지박령이라고 해야 할까…… 이 숲에서 죽은 혼이, 가야 할 곳으로 가지 못하고 숲의 요력에 얽매여 악령으로 화해버린 것이지."

거기까지 말하고서 알라두르는 다리에 힘이 풀려 자리에 주저앉아 버렸다.

"고작 이런 것으로 놀라지 마시오. 저런 류의 악령은 그리 대단한 힘을 가지고 있지 못하니까. 정신만 똑바로 차린다면 악령에 홀리는 일도 없을 거요. 뭐…… 무조건 그런 것도 아니지만."

알라두르의 얼굴이 우울함으로 물들었다.

악령 중에서도 강력한 악령은 있다. 그런 놈은 인간의 정신을 손쉽게 허물어뜨리고 육체를 빼앗는다.

"강력한 악령이라면 나로서도 어쩔 수 없소. 내가 익힌 퇴마술이라고 해봐야 허접한 것이니까. 그러니까…… 제발 정신을 똑바로 차리시오. 정신이 약해진다면 아무리 육체가 강인하더라도 허접한 악령에게 몸을 빼앗길 수 있단 말이오."

알라두르가 애원하듯이 말했다.

제갈태령은 아랫입술을 꾹 씹었다. 제갈세가는 무공뿐만이 아니라 진법과 지식으로도 유명하지만 제갈태령은 아쉽게도 무공 외에 다른 것은 그리 뛰어나지 못했다.

여태까지 그것에 대해서는 크게 불편함을 느껴본 적은 없었다. 원류가 어쨌든 에리아에 있는 제갈세가는 무림세가다. 무공이 제일이란 말이다.

'숙부를 데리고 올 것을 그랬군.'

이제 와서는 늦은 생각이다. 그 까탈스러운 숙부가 부른다고 해서 도와주러 올 리도 만무하고, 여기서 다시 제갈세가로 돌아가려면 일주일이 넘게 흐를 것이다.

"일어서시오."

제갈태령은 모용서진을 노려보며 내뱉었다. 그의 사나운 시선에 모용서진이 비틀거리며 몸을 일으킨다.

제갈태령은 모용서진이 일어선 것을 보고서 획 하고 몸을 돌렸다. 모용서진은 그런 제갈태령이 야속하게 느껴졌으나 뭐라 탓하지는 못했다. 그녀는 몸에 두르고 있던 장포를 벗어 남궁희원에게 건넸다.

"······고마워요."

"괜찮습니다."

남궁희원은 시선을 내리깔며 대답했다. 제갈태령을 선두로 하여 다른 무인들이 불가로 돌아간다.

남궁희원은 창천검광대를 먼저 돌려보내고서 아직 주저앉아 있는 알라두르에게 손을 뻗었다.

"······아까 전에 살기를 향한 것을 사과하고 싶소."

"말까지 높여주시는군. 명망 높은 남궁세가의 검룡께서 말이야. 이를 영광으로 알아야 하나?"

알라두르가 이죽거렸지만 남궁희원은 불쾌해하지 않았다. 알라두르는 그런 남궁희원을 의외라는 듯이 보다가 남궁희원의 손을 잡고 일어섰다.

"당신보다 뛰어난 주술사가 온다면 이 숲을 돌파하는 것에 도움을 받을 수 있겠소?"

"와주기만 한다면 그렇겠지만······ 아마 오겠다고 하는 사람은 없을 거요. 주술사들은 이 숲의 위험성을 누구보다 잘 알고 있으니까."

"······후우!"

남궁희원은 어쩔 수 없다는 듯이 한숨을 쉬었다. 그리고, 남궁희원의 발밑에서 검은 정장을 입은 소년이 몸을 일으켰다.

"부르셨습니까?"

"헉!"

알라두르가 놀란 소리를 냈다. 남궁희원은 그런 알라두르를 무시하고서 소년에게 말을 걸었다.

"지금 당장 미혹의 숲에 들어와 우리를 지원해 줄 수 있는 주술사를 중개 받고 싶은데."

"잠시만 기다려 주시겠습니까?"

소년이 모습을 감추었다. 입을 쩍 벌리고 있던 알라두르는 남궁희원을 보면서 중얼거렸다.

"······그렇군. 검룡, 당신도 에레브리사의 회원이었나······."

"그들을 알고 있소?"

"이름만 들어보았소. 세상 어디에 있든지 귀신처럼 모습을 드러내는 중개인들을 가진 중개 길드. 내 스승님도 에레브리사와 접촉했었지만 그들과 연결되는 것을 거부했었지. 당신이 에레브리사의 회원이라는 것은 의외지만······ 아마 저들이 연결해 주는 주술사 중에서 미혹의 숲에 오겠다고 하는 이는 없을 거요. 그들은 이익을 위해 에레브리사와 연결된 만큼, 이익이 없다면 움직이지 않소."

"돈은 얼마든지 줄 수 있소."

"크크! 돈은 멋진 놈이지만 그렇다고 해서 만능은 아니오. 돈으로 목숨을 사는 것은 불가능하니까. 나도 제갈씨발놈에게 잡히지 않았더라면 절대 이 숲에 오지 않았을 거요."

남궁희원은 제갈태령을 모욕적으로 불러대는 알라두르를 탓하지 않았다. 제갈태령이 마음에 들지 않는 것은 남궁희원도 마찬가지였기 때문이다.

잠시 후, 남궁희원의 중개인이 모습을 드러냈다.

"죄송합니다. 근방에서 가장 가까운 주술사들에게 부탁해보았지만 미혹의 숲이라고 하니 모두 학을 떼며 거절하더군요."

"하하하!"

중개인의 말을 들으면서 알라두르가 큰 소리로 웃었다.

"거보시오. 내가 뭐라고 했소?"

알라두르가 그럴 줄 알았다는 듯이 말했다.

⛪

모용서진이 악령을 보게 되어 작은 소란이 일었을 때, 이성민과 광천마, 루비아도 악령을 보고 있었다. 모닥불 너머에서 흔들리는 악령을 보면서 루비아는 숨을 삼켰고 광천마는 미간을 찡그렸다.

[하찮은 잡령이로군. 신경 쓰지 마라.]

허주가 말했다. 이성민은 어둠 속에서 흔들리는 악령을 물끄러미 보았다.

계속해서 보고 있으니 귓가에서 의미를 알 수 없는 소음이 울리는 것만 같았으나 그것은 이성민에게 아무런 불쾌함도 전해주지 못했다.

이런 잡스러운 소음은 므쉬의 산에서 이미 익숙해졌다. 새하얀 백색의 세계에서 2100년을 살았을 때, 몇 번이나 찾아왔던 광중에서도 이보다 더한 것들을 이미 겪어보았다.

이성민의 시선을 받는 악령의 몸이 바르르 떨린다. 배배 꼬이던 악령의 몸이 흐트러지더니 형태를 바꾸었다. 이성민의 눈이 가늘어졌다.

귓가에 들리는 노이즈가 조금씩 선명해지는 것만 같았다.

-이…… 쪽…… 으로…….

주절거리는 소리가 그런 문장이 되었다. 이성민의 눈이 동그랗게 떠졌다. 그 소리는 이성민뿐만이 아니라 이성민과 심령으로 연결되어 있는 허주도 들었다.

[뭐야? 악령이 말을……?]

대부분의 악령은 말을 할 수가 없다. 이미 죽어 혼이 얽매인 그들은 망자이며 이성을 잃고 사악함만 남은 존재이기 때문이다.

악령으로서 격이 높아진다면 이성을 찾을 수도 있겠지만 허주가 보는 악령은 조잡하기 짝이 없었다.

'뭐 하는 수작일까?'

[글쎄다……. 잡령이 말을 거는 것은 있을 수 없는 일인데. 일단 한번 가 보는 것이 어떠냐?]

허주로서도 뭐라고 확언을 할 수 없었기 때문에 그렇게 말할 수밖에 없었다.

이성민은 조심스레 몸을 일으켰다. 날카로운 감각을 가진 이성민은 어둠 속에서도 사물을 확실하게 분간할 수 있었으나 그럼에도 횃불을 잡아 들었다.

"그럴 필요 없는데."

루비아가 투덜거렸다. 루비아가 마법을 사용해 작은 빛의 구체를 만들었다. 결국 두 개의 불빛에 의지하여 이성민과 루비아, 광천마는 악령을 향해 다가갔다.

그러는 중에도 이성민은 경계의 끈을 놓지 않았다. 육체를 갖지 않은 악령은 물리적인 수단으로 해치우는 것이 힘들었으나 그렇다고 대응책이 아예 없는 것은 아니라고 허주에게 이미 조언을 들어두었다.

-이쪽…… 으로…….

악령의 웅얼거림은 더욱 또렷해졌다. 악령은 이성민이 다가오는 것을 보다가 몸을 돌렸다. 그러고는 지면을 미끄러지듯 움직이기 시작했다.

이성민 일행은 악령이 가는 길을 따라갔다.

숲은 낮일 때보다 더욱 불길함을 내비치고 있었다. 얽히고 얽힌 나뭇가지들은 악귀의 얼굴처럼 보였고 수풀 따위가 흔들리며 내는 숲의 소리에는 흐느낌이 섞인 것처럼 들렸다.

악령은 느리기는 했어도 헤매지 않고 앞으로 향했다. 이성민이나 광천마, 루비아가 보기에는 같은 자리를 빙빙 도는 것처럼 보였으나 그것이 몇 번 반복되었을 때.

화아악!

공기의 흐름이 바뀌더니 어둠에 젖어 희미하던 풍경이 보다 선명해졌다.

[이건…….]

허주의 목소리에 놀람이 섞인다. 이성민은 주변을 둘러보았다. 희끄무레한 불빛들이 이성민의 주변을 맴돌고 있었다. 그것은 허주와 처음 만났던, 잠자는 숲에서 보았던 도깨비불들과 비슷하면서 달라 보였다.

[설마……!]

그렇게 외치면서 허주가 자신의 존재감을 부풀렸다.

이성민이 입고 있는 마갑이 요악한 빛을 내뿜더니 이성민의 몸에서 허주의 형체가 떠올랐다. 요력으로 이룬 흐릿한 몸이기는 했지만 허주는 그 몸을 이끌고서 양팔을 끌어안았다.

파앙!

허주의 요력이 흩어진다. 잠자는 숲에서 보았던 수백 수천 개의 도깨비불이 된 허주는 사방으로 흩어지면서 악령들을 맴돌았다.

-아아⋯⋯.

-오⋯⋯.

악령들이 더듬거리며 탄성을 뱉는다. 그들은 머리를 조아리면서 허주를 경배하듯이 손을 들어 올렸다.

이성민과 광천마는 입을 반쯤 벌리고서 상황을 지켜보았다. 얼마 지나지 않아 흩어졌던 도깨비불들이 이성민에게로 돌아왔다.

[알았다.]

허주의 목소리에 흥분이 어렸다.

[이 숲은 이 어르신의 요력으로 인해 변이했지. 시간이 많이 흘러 이 어르신과는 아예 별개의 존재가 되기는 했지만, 그래도 그중에 일부가 이 어르신와 아직 연결된 것이다. 그리고 이 악령들이 그에 영향을 받아 이 어르신에게 복속하고 있는 것이고!]

400년이라는 긴 시간이 흐르기는 했지만 과거 이 토지를 지배했던 허주의 영향력은 완전히 사라지지 않은 것이다.

이성민은 머리를 조아리고 있는 악령들을 돌아보면서 물었다.

"저들이 도움이 될 수 있다는 것이냐?"

[물론이지! 저놈들은 이 숲의 일부와 같기에 숲의 결계에 영향을 받지 않는다. 끝없이 헤매다 죽게 되는 이 숲에서 저놈들은 자유롭게 길을 찾을 수 있어.]

허주의 목소리에 으스댐이 섞였다. 그는 뿌듯한 듯이 가슴을 펴며 말했다.

[하하하! 뒈진 지 400년이나 되었는데도 아직 이 정도 영향력을 행사하고 있다니, 이 어르신도 참 대단하지 않으냐?]

"어…… 그래."

이성민은 떨떠름한 표정을 지으며 머리를 끄덕거렸다. 설마 악령에게 길을 안내받게 될 것이라고는 생각하지 못했던 탓이다.

그래도 나쁜 일은 아니었다. 주술사도, 길잡이도 들어오기를 꺼려 하는 이 숲에서 죽지 않는 길잡이를 얻게 된 것이기 때문이었다.

밤을 무시하고 움직이고 싶었으나 길잡이를 얻었다고 해도 이 숲이 위험한 곳이라는 것은 변하지 않는 사실이다.

밤에는 요기가 짙어져 요괴가 강해진다. 특히 요력에 짙게 물들어 있는 이 숲에서 밤을 가로지르는 것은 자살행위에 가깝다.

그에 대해 조언을 받았기에 이성민은 악령들을 떠나 불가로 돌아왔다.

악령들은 떠나지 않고서 이성민의 주변을 맴돌았다.

그리고 아침이 되었다. 그리 깊게 잠을 자지는 못했지만 운기조식을 하니 피곤함은 조금도 느껴지지 않았다.

[자, 그럼 가 볼까.]

가벼운 식사를 끝내고서 허주가 경쾌한 목소리로 외쳤다. 그는 이성민의 마갑에 깃든 이후로 가장 기분이 좋아 보였다.

과거 자신이 지배했던 숲에 돌아왔고, 400년이라는 시간이 흘렀음에도 아직 자신의 공포가 채 잊혀지지 않고서 숲에 남아 있음을 알게 되었다.

'위인이라도 된 기분일까?'

죽어서도 오래도록 명성을 떨치는 위인처럼.

이성민은 허주의 즐거움에 완전히 공감할 수는 없었지만 그렇다고 해서 즐거워하는 허주에게 찬물을 끼얹고 싶지는 않았다.

"추격자들은 어떻게 되었을까?"

[크크! 모르긴 몰라도 밤중에 고생깨나 했겠지. 어쩌면 이

미 몇 명이 미쳤거나 죽었을지도 모른다. 공포라는 것은 쉽게 전염되게 마련이고 이 숲은 그런 공포에 미치게 만드는 곳이니까.]

허주의 대답은 광천마에게 들리지 않는다. 하지만 허주는 기분이 좋아서 굳이 그렇게 답해주었다.

"아마 추격을 포기하고 돌아가지 않았을까요?"

"그럴지도 모르지. 그들은 세가의 사람들이다. 핏줄로 이어져 있는 만큼 서로의 목숨에 민감할 수밖에 없어. 감당하지 못할 정도의 피해가 생긴다면 그들도 알아서 물러서겠지. 물론……"

광천마는 말을 끌며 뒤를 돌아보았다. 빽빽한 나무들이 보일 뿐 다른 사람의 모습은 보이지 않았지만 그래도 광천마는 어딘가에 있을 추격자들을 생각하며 미간을 찡그렸다.

"미련한 선택을 하지 않는다면 말이야."

이성민도 그럴 것이라는 생각은 하지 않았다.

이성민이 움직이기 시작하자 악령들이 준동했다. 숲의 아침과 낮은 어둡고, 악령들은 그 미약하게 밝혀진 어둠 속에서 희끄무레하게 존재하고 있었다.

이쪽으로…… 이쪽…… 으로…….

수십의 악령은 이성민의 머릿속에 그렇게 말을 걸었다.

"허, 참…… 자네는 이것저것 재주가 참 많군. 이제는 귀신까지 부리는 건가?"

"어쩌다 보니……."

광천마에게는 허주에 대해 소개해 두지 않았기 때문에 이성민은 예전에 이런 기술을 배워두었다고 대충 둘러댔다.

광천마는 놀라기는 했지만 이성민을 의심하지는 않았다.

악령들이 이끄는 대로 길을 걷는다. 그들은 이성민이 따라오기 시작하자 더 이상 말을 걸지는 않았다.

몇 번이고 보았던, 흠을 새겨놓은 바위는 보이지 않는다. 대신에 다른 풍경이 이어진다.

'그런데, 어디로 가는 거냐?'

[참 빨리도 물어본다. 당연히 이 어르신의 보물을 챙기러 가는 것이지. 우선 그것을 먼저 챙기고 나서 숲을 빠져나가야 하지 않겠느냐.]

바라는 바였다. 볼일을 빨리 끝내고서 이 숲을 나가 광천마가 만났다는 부족과 만나고 싶다.

비록 부족의 위치는 광천마의 기억에 의존하고 있는 것이라 하여도 광천마는 당시의 일을 제법 뚜렷하게 기억하고 있었다.

광천마가 그들 부족을 만난 것은 요괴 도시인 어르무리의 근처다.

얼마나 숲을 지났을까.

미혹의 숲은 넓다. 길을 헤매지 않는다고 하여도 악령들이 움직이는 속도는 그리 빠른 편이 아니다. 그들의 속도에 맞추다 보니 길을 가는 속도는 축축 처질 수밖에 없었다.

악령들을 따라 길을 가기 시작하고서 이틀이라는 시간이 지났다. 답답하기는 했지만 재촉한다고 해서 악령들의 속도가 빨라진 것은 아니었다.

느린 걸음으로 쭉쭉 걷던 도중 이성민의 걸음이 멈추었다. 멈춘 것은 이성민만이 아니었다. 가장 먼저 멈춘 것은 앞장서서 안내하던 악령들이었다.

-우…… 우우우…….

-아…… 으으으…….

악령들이 몸을 떤다. 이틀 동안 악령들과 함께 움직였으나 이런 경우는 처음이었다.

도중에 별것 아닌 요괴들을 쳐 죽이기는 했었지만 그런 중에도 악령들은 단 한 번도 반응을 보이지 않았었다.

하지만 지금은 다르다. 악령들이 몸을 떤다. 그들의 희끄무레한 몸뚱이가 연기가 되어 흩어지기 시작했다.

그것은 가랑비가 몸을 적시듯이 조금씩 다가왔다. 그리고 어느 순간 가랑비는 매서운 폭우가 되었다.

파아아아!

갑작스레 덮쳐 온 존재감에 악령들의 몸뚱이가 흩어진다.

수풀과 나무가 몸을 떨었다. 요력에 물들어 자체적으로 공포를 띠게 된 숲이 일순간 침묵했다.

"기묘하군."

그는 어느 순간부터 그 자리에 서 있었다. 이성민과 광천마와 멀지 않은 곳에.

이성민은 나타난 남자를 뚫어져라 보았다. 붉은 머리카락을 가진 남자는 발하고 있는 존재감과 어울리지 않을 정도로 초췌한 몰골이었다.

그는 음영이 짙은 눈으로 이성민과 시선을 마주했다.

[설마…… 적귀?]

허주가 믿을 수 없다는 듯이 말했다.

적귀.

이성민은 작은 목소리로 그 이름을 중얼거렸다.

프레데터에 소속되어 있는 요괴의 왕. 허주가 살아 있을 적에 프레데터의 꼭대기에 군림하고 있던 괴물 중 하나.

이성민이 알고 있는 적귀는 그런 괴물이었다. 물론 그것은 이야기만 들었을 뿐, 적귀를 실제로 만나본 적은 없었다. 이 숲에 적귀가 와 있다는 것은 며칠 전에 들어 알고 있었다.

실제로 본 적귀는, 이성민이 북쪽 트라비아에서 보았던…… 뱀파이어 퀸 제니에라와 비교하자면 터무니없을 정도로 약해 보였다. 라이칸슬로프 중에서도 손에 꼽힐 정도로 강력하다던 광랑보다 못해 보였다.

지금의 이성민이라면 조금 까다롭기는 하여도 적귀를 죽일 수는 있을 것이다.

이해가 안 되었다. 프레데터의 정점이라고 했다. 300년 전에도 그랬다면, 시간이 흘러 더욱 강해져 있어야 정상이 아닌가.

같은 위치에 있는 제니엘라와 비교할 수 없을 정도로 약한 적귀를 보고 있으니 이성민은 조금의 혼란을 느낄 수밖에 없었다.

[300년 전보다도 약해졌군……. 대체 무슨 일이 있었던 거지?]

"허주인가?"

적귀의 입이 열렸다. 그는 눈을 깜박거리며 이성민을 응시했다. 이성민은 그 시선에 천천히 머리를 끄덕거렸다.

광랑도, 제니엘라도 이성민의 몸 안에 깃들어 있는 허주의 존재를 느꼈었다. 인외는 이성민이 가진 인외의 편린을 어떤 식으로든 느낄 수 있다.

"400년 전에 죽었다고 생각했는데…… 뭐, 놀랄 것도 없나. 요괴는 죽어도 잘 죽지 않으니까 말이야."

적귀가 큭큭 웃으며 중얼거렸다. 그 역시 요괴기에 그 사실은 잘 안다. 다만 허주와 적귀가 근본적으로 다른 것은 공포를 어미로 두고 태어난 허주와는 다르게 적귀는 한때 인간이었다가 요괴로 변이한 것의 차이다.

"왜 400년이 지난 지금에서야 이곳에 온 거냐. 보아하니 그 인간의 몸뚱이를 완전히 장악하지도 못한 것 같은데……."

[내 것을 취하기 위해 왔다.]

요력이 솟구친다. 허주의 목소리가 적귀에게 이어졌다. 적귀는 허주의 말을 들으면서 큭큭 웃었다.

"빨리도 오셨군. 400년이나 흘렀는데 말이야."

[너는 여기서 뭘 하고 있는 거냐?]

"몸이 이 모양 이 꼴이라서."

광천마가 보기에는 적귀가 이성민과 마주 서서 혼자 지껄이는 것처럼 보였으나 그는 그러려니 하고 넘겼다. 이성민이 일반적인 사람과는 다르다는 것은 이미 알고 있었고 이제는 악령까지 부려대고 있으니 더 이상하게 여길 것도 없었기 때문이다.

"심장이 뽑혔다."

적귀가 걸치고 있던 장포를 들추었다. 적귀의 왼쪽 가슴은 뻥 뚫려 있었다. 본래 심장이 있어야 할 곳이 비어서 반대편의 옷자락이 보인다. 적귀는 가슴에 난 구멍에 손을 집어넣으며 끅끅 웃었다.

"지금 어르무리를 지배하고 있는 여우 년에게 빼앗겼지. 간신히 존재를 유지하고 있지만…… 흐흐! 힘은 턱없이 약해졌지."

[그래서, 이 어르신의 요력을 주워 먹기 위해 온 것이냐?]

"맞다."

적귀가 대답했다. 여기까지 와서 자존심을 세워가며 부정할 것도 없었기 때문이었다.

어르무리의 구미호에게 심장이 뽑혀 적귀는 전성기와 비교해서 터무니없을 정도로 약해졌다.

"이 숲은 요력이 가득해. 이곳에서 요양하면서 몸을 회복하려 했지. 네가 남긴 공포를 빌어다가 덕을 볼 생각이었다."

[비참해졌군.]

"그래도 죽지는 않았어."

적귀가 눈을 빛내며 말했다.

"너와는 다르게 말이다."

[하하하! 이거 할 말이 없군. 그래, 나는 육체도 부지하지 못하고 사실상 죽은 것과 다름없으니 말이다.]

허주가 크게 웃으며 답했다.

[그렇게 목숨을 부지하여 힘을 회복하고 싶거든 마음대로 해라. 이 어르신이 볼일이 있는 것은 네가 아니니까.]

적귀는 그 말을 들으며 머리를 끄덕거렸다. 그는 이성민의 얼굴을 흘겨보며 중얼거렸다.

"인간과 요괴의 경계에 서 있군. 반요도 아니면서…… 묘한 놈이야."

적귀는 그 중얼거림을 남기고서 자리에서 사라졌다. 적귀가 사라졌지만 흩어진 악령들은 다시 돌아오지 않았다.

[지금은 필요 없다.]

허주는 그렇게 말하며 다시 이성민의 마갑에 깃들었다.

허주의 말대로였다. 지금은 악령이 길 안내를 해줄 필요가 없었다.

멀지 않은 곳에 커다란 저택이 보였다. 세월이 오래 흘러 무너지기 일보직전이기는 했지만 저택은 아직 저택의 모습을 하고 있었다.

이성민과 광천마는 저택으로 다가갔다. 대문은 박살 나 있었고 정원에는 잡초가 무성했다.

[옛날에는 보기 좋았다. 부리는 노예도 많았고 말이야. 정원도 나름 신경을 써서 멋지게 가꾸었었지.]

허주가 아쉽다는 듯 중얼거렸다.

대문을 지나 정원으로 들어간다. 루비아는 어느새 이성민의 품 안에서 나와 광천마와 함께 신기하다는 듯이 주변을 둘러보고 있었다.

[이쯤이군.]

허주의 말에 이성민의 걸음이 멈추었다. 저택 건물 안으로 들어가기도 전이었다.

근처에는 한때 연못이었을 곳이 움푹 파여 있었다. 허주의 요력이 마갑에서 뿜어져 올라왔다.

솟구친 요력이 부풀더니 펑 하고 터진다. 사방으로 흩어진 도깨비불이 일사불란하게 움직였다. 도깨비불은 잡초 무성한 정원과 무너지기 직전의 저택을 바쁘게 돌아다녔다. 이윽고 알 수 없는 기류가 주변을 맴돌기 시작했다.

찌적!

이성민의 눈앞이 쩍 하고 갈라졌다. 저택이 존재하고 있던 공간이 통째로 갈라지며 검은 틈새가 모습을 드러냈다.

[가까이 가라.]

허주가 권했다. 이성민은 공간의 틈새로 다가갔다. 겉으로 보기에는 시커멓기만 했으나 허주의 요력이 이성민의 눈에 깃들자 틈새는 전혀 다른 모습으로 보였다. 그것은 거무튀튀한 문이었다.

[손을 가져가라.]

이성민은 허주의 말을 따라서 손을 들어 문 위에 가져갔다. 이성민의 몸 안에 있는 허주의 요력이 웅웅거리며 문으로 스며들어 갔다.

끼기기각……!

문이 불쾌한 마찰음을 내며 열리기 시작했다. 광천마와 루비아는 조금 떨어진 곳에서 이성민을 보았다. 그들이 보기에는 이성민이 아무것도 없는 허공에 손을 대고 있는 것으로밖에 보이지 않았다. 그것은 이 저택이 선 토지에 새겨진 주술 때문이었다.

400년 전, 허주는 자신이 모은 보물들을 다른 이들에게 빼앗기지 않기 위해 토지 자체에 주술을 심어두었다. 주술을 건 본인은 허주가 아닌 다른 주술사들이었으나 새겨놓은 주술을 발동하기 위해서는 허주의 혼이 필요했다.

문이 완전히 열렸다. 이성민은 문의 안을 들여다보았다. 그런 이성민의 머릿속에 대고 허주가 껄껄 웃으며 말을 걸었다.

[들어가서 봐라.]

'들어가도 되는 건가?'

[문제없다. 너는 이 어르신과 심령으로 연결되어 있으니까.]

그 말을 듣고서 이성민은 조심스레 문의 안으로 발을 집어넣었다.

루비아가 놀란 소리를 냈다. 그녀가 보기에는 이성민의 발이 허공에서 사라진 것처럼 보였기 때문이다.

광천마와 루비아의 놀람을 뒤로하고 이성민은 문 안으로 완전히 몸을 들이밀었다.

허주의 보물. 그것이 보관된 곳은 격리된 공간의 안이다. 새하얀 세계는 이성민이 데니르를 통해 살아온 정신세계와 닮아 있었다.

하지만 정신세계처럼 마냥 아무것도 없는 것은 아니었다. 큼지막한 상자들이 도처에 놓여 있었다.

장식 하나 없는 상자들이었지만 그를 본 허주는 자랑스레 말했다.

[가서 열어봐라.]

이성민은 가까운 상자에 다가갔다. 처음 상자를 열었을 때, 널찍한 상자의 안에는 주먹만 한 보석 하나만이 놓여 있었다.

"……이건 뭐냐?"

[처음 보냐?]

허주가 기다렸다는 듯이 대답해 주었다.

[용의 심장이다.]

5장
잔재(1)

"⋯⋯용의⋯⋯ 심장⋯⋯?"

어지간해서는 놀라지 않으려고 했던 이성민이었지만 허주의 말은 놀라지 않으려야 놀라지 않을 수가 없는 말이었다.

이성민은 입을 쩍 벌리고서 상자 안에 놓인 용의 심장을 내려 보았다.

"설마⋯⋯ 드래곤 하트를 말하는 거냐?"

[그런 식으로도 부르더군.]

허주는 대수롭지 않게 말하려는 것 같았지만 그의 말투에는 숨길 수 없는 으스댐이 묻어 있었다.

그리고 그것은 당연한 것이었다. 용의 심장, 드래곤 하트라면 이 세상에서 가장 손에 넣기 어려운 보물 중의 보물이기 때문이다.

지금 시대에서는 드래곤을 만나는 것도 쉽지 않은 일이었고, 설령 만난다고 하여도 드래곤을 죽이고 그 심장을 뽑아내는 것은 절대로 불가능한 일이다.

[이 어르신이 잘났던 시절에는 말이다. 드래곤? 푸하하, 그깟 새끼들, 머리 위를 날아다니면~ 콱, 마! 새끼야!]

허주가 신이 나서 웃는 목소리로 떠들었다.

[등 위에 올라타서 날개 콱 꺾어 뽑아버리고, 아이고 살려주십쇼 하고 떨어지면 말이야. 거기서 확 그냥!]

허주가 떠드는 소리를 반쯤 흘려들으면서 이성민은 침을 꿀꺽 삼켰다.

설마 드래곤 하트를 보게 될 줄이야.

이성민이 조심스레 손을 뻗으려 하자 허주가 기겁해서 이성민을 말렸다.

[잠깐!]

"뭐냐?"

[꺼내면 안 된다. 용의 심장은 까다로운 놈이라서 외부에 노출되면 바로 가루가 되어 사라져 버린단 말이다.]

"그럼 왜 여기에 박아둔 거냐?"

[전리품으로 넣어놨지.]

"쓰지도 못할 걸?"

[뭐 어떠냐? 이 어르신한텐 필요도 없던 것인데.]

"나는 필요해."

[처먹으려고? 뭐 그것도 괜찮을 것 같다만…… 당장은 사용할 수 없으니 상자째로 챙겨놓아라. 나중에 실력 좋은 마법사한테 의뢰한다면 방법을 알 수 있을 테니까.]

이성민은 허주의 말을 들으면서 드래곤 하트가 담긴 상자의 뚜껑을 닫았다.

애초에 드래곤 하트를 어떻게 복용해야 하는가에 대한 방법도 모른다. 일단은 챙겨두었다가 다음에 에레브리사에게 물어서 어떻게 해야 할지 물어보기로 마음을 정했다.

[자, 다른 상자들도 열어봐라. 좋은 것이 많으니까.]

이성민은 허주의 재촉을 들으며 다른 상자로 다가갔다. 이번 상자에는 눈이 부실 정도의 금화가 가득 들어 있었다.

이성민은 금화 중 하나를 들어 올렸다.

에리아에서 사용되는 화폐는 '에른'이다. 에른은 금화가 아닌 동전이고 지폐나 수표로도 쓰인다.

[그깟 종이돈과는 가치가 다르지. 그 상자에 있는 금화면 도시 하나도 살 수 있을 거다.]

슬슬 가진 돈이 떨어져 가는 시점이었다. 노숙을 주로 한 탓에 돈 나갈 곳이 적기는 했었지만 한 번 쓸 때마다 과하게 쓰기도 했고, 그렇게 돈을 써대면서도 따로 돈을 번 적이 없었기 때문이었다. 이성민은 금화가 잔뜩 든 상자도 아공간 포켓 안에 집어넣었다.

그다음으로 연 상자에는 온갖 종류의 보석이 들어 있었다. 가치만을 따지자면 조금 전의 금화가 든 상자의 몇 배는 될 것이다. 이성민은 그 상자도 아공간 포켓 안에 집어넣었다.

그 이후로 몇 개의 상자는 똑같이 금화와 보석들이 들어 있었다. 돈은 많을수록 좋은 것이라는 게 이성민의 생각이기는 했지만 이 정도가 되니 현실감각이 희미해지는 것 같았다.

'이게 대체 얼마야?'

아공간 포켓의 용량이 가득 찼다. 이성민은 다른 아공간 포켓을 꺼내 상자를 담았다.

그렇게 금화와 보석이 담긴 상자를 모두 챙기고서 몇 개 남지 않은 상자를 향해 다가간다.

[이후부터가 진짜다.]

허주가 말했다. 이성민은 가까운 상자를 향해 다가갔다.

상자를 열어본다. 연 순간에 불어닥친 차가운 냉기가 이성민의 얼굴을 덮쳤다. 이성민은 놀라 몇 걸음 뒤로 물러섰다. 어느새 상자의 뚜껑에 하얀 서리가 끼기 시작했다.

한서불침의 경지에 들어 추위에 침범당하지 않게 된 이성민이었지만 상자 안에서 발해지는 냉기는 이성민의 한서불침을 꿰뚫고서 몸 안을 얼어붙게 하고 있었다.

[만년설삼이란 놈이다.]

이성민은 추위를 이겨내며 상자 안으로 다가갔다. 강렬한 냉기의 한가운데에 놓인 것은 팔뚝만 한 크기의 삼이었다.

[먹어봐라. 본래는 냉기가 너무 심해 그를 억제하고 먹어야 하지만 너라면 먹을 수 있을 거다.]

검은 심장을 가진 이성민은 영약을 다른 과정 없이 바로 흡수할 수 있다. 이성민은 그것을 상기하며 만년설삼을 들어 올렸다. 강력한 냉기를 내뿜고는 있었지만 막상 손으로 잡아 드니 적당한 서늘함밖에 전해지지 않았다.

이성민은 입을 크게 벌려 만년설삼을 물어뜯었다. 입안에서 시원함이 느껴진다. 이성민은 턱을 움직여 가며 만년설삼을 우적우적 씹었다.

목구멍 안으로 들어온 만년설삼은 그대로 이성민의 단전으로 흘러 들어갔다.

단전에 한기가 맴돈다. 이성민은 즉시 자리에 앉아서 운기조식을 시작했다.

만년설삼의 내공은 어마어마한 크기였다. 이전에 대환단을 먹어본 적이 있기는 했지만 만년설삼은 대환단의 두 배는 될 내공을 품고 있었다.

"후우!"

이성민은 운기조식을 끝내고 몸을 일으켰다. 내공이 더해진 덕에 몸이 한층 더 가벼워진 기분이었다.

[다음 상자를 열어라.]

허주가 다시 말했다.

이성민은 허주와 만나게 된 것이 천고의 기연임을 다시 한 번 상기했다.

처음 허주와 만났을 적에는 짜증 나는 녀석이 몸에 붙었다고 생각했는데 지금은 아니었다. 생각해 보면 여태까지 있었던 몇 번의 위기를 헤쳐 나갈 수 있었던 것은 허주가 있어준 덕분이었다.

다음 상자를 열었을 때, 그 안에 든 것은 주먹만 한 크기의 내단이었다.

[인면지주의 내단이다. 꽤 오래 묵은 놈이었고 귀찮은 놈이었지. 먹으면 거 뭐냐…… 만독불침을 완성하게 된다더군. 이 어르신은 독을 먹는 것을 꽤 좋아했던지라 먹지 않았었다.]

"독 먹는 것을 좋아했다고?"

[알싸한 것이 꽤 먹기 좋아. 술에 타 먹으면 그만한 것이 없지.]

허주가 킬킬 웃으며 말했다. 이성민으로서는 이해할 수 없는 이야기이기는 했지만 만독불침을 이룰 수 있다는 것은 구미가 당기는 이야기였다. 독이라는 것은 모르고 당한다면 치명적이기 때문이다.

이성민은 인면지주의 내단을 입안에 집어넣었다. 맛은 더럽게도 없었지만 내공의 증진은 확실하게 느껴졌다. 몸 안에 기묘한 기류가 퍼져 나간다.

[만독불침을 획득하였습니다!]

오랜만에 그런 목소리를 들었다. 이성민은 상태창을 들어 확인해 보았다. 스킬 창의 맨 아래에 만독불침이 추가되어 있었다.

[이건 용의 뼈와 비늘이다. 아까 챙겼던 심장 주인의 것이지.]

상자 몇 개에 금빛으로 번들거리는 뼈와 비늘이 가득 들어 있었다.

[솜씨 좋은 대장장이에게 맡기면 쓸 수 있게 가공해 줄 거다.]

이제는 상자가 하나만 남았다. 마지막 상자의 안에는 호리병 하나만 들어 있었다.

"이건 뭐냐?"

[그것이야말로 이 어르신이 가진 가장 진귀한 보물 중 하나지!]

허주가 흥분한 목소리로 떠들었다.

"그래서 이게 뭔데?"

[놀라지 마라. 그 호리병에는 끝없이 술이 나온다. 그냥 술도 아니고, 한번 입에 대면 꼴아 죽을 때까지 마실 수밖에 없는! 그런 천상의 미주가 계속해서 나온단 말이다! 크으으! 이 어르신이 육체를 잃은 400년 동안 그 술을 얼마나 그리워하였던가!]

"……술이 나온다고?"

[그렇다! 마셔도 마셔도 끝이 없는 술이지! 저 호리병을 탐내어 이 어르신에게 도전했던 술꾼이 얼마나 많았는지 네놈은 상상도 하지 못할 것이다.]

허주가 그렇게 떠들기는 했지만 이성민은 호리병에는 정말 아무 욕심도 나지 않았다.

애초에 술을 그리 즐기지도 않았고 끝없이 미주가 나온다는 호리병보다는 인면지주나 만년설삼의 내단이 훨씬 가치 있게 느껴졌기 때문이다.

[빌어처먹을 새끼, 보물을 손에 들어도 가치를 모르는군.]

허주가 투덜거린다.

이것으로 허주가 가지고 있는 보물을 모두 챙겼다. 용의 심장과 만년설삼, 인면지주의 내단, 용의 뼈와 비늘, 그리고 보석과 금화들. 솔직히 호리병은 버리고 가고 싶었지만 허주가 하도 닦달을 해댄 탓에 호리병도 아공간 포켓에 집어넣었다.

더 이상 챙길 것이 없었기 때문에 이성민은 공간을 빠져나왔다.

"왔는가?"

걸어 나오는 이성민을 보며 광천마가 눈을 빛내며 물었다. 이성민은 머리를 끄덕거렸다. 어느새 주변에는 적귀의 등장으로 인해 흩어졌던 악령들이 모여 있었다.

"……으음."

광천마가 놀란 표정을 지었다. 나타난 이성민에게서 느껴지는 기운이 이전과는 비교도 할 수 없을 정도로 강맹했기 때문이다.

당연한 일이었다. 만년설삼과 인면지주의 내단을 그대로 복용한 덕에 이성민은 기존의 두 배 이상이나 되는 내공의 진전을 이루었다.

"또 기연을 얻었는가?"

광천마는 이제 놀라지도 않았다. 이성민이 쓰게 웃으며 뭐라고 말하려던 순간이었다.

-오오오오오!!

숲이 뒤흔들리기 시작했다. 적귀가 모습을 보였을 때와는 비교할 수 없을 정도의 거대한 진동이었다.

악령들이 바르르 몸을 떨더니 땅에 무릎을 꿇는다. 지진이

난 것처럼 땅이 흔들린다. 간신히 형태를 유지하고 있던 허주의 저택이 무너졌다.

[내 집이!]

허주가 부르짖는다. 이성민은 긴장하여 주변을 둘러보았다.

진동은 계속된다.

찌릿!

이성민의 몸이 떨린다. 감각의 경고가 아니었다. 이성민은 자신도 모르게 어느 방향을 돌아보았다.

[음……]

요란을 떨던 허주도 침묵한다. 이성민이 느낀 것을, 허주도 느꼈다.

무언가가 멀지 않은 곳에 있다. 그것이 무엇인지는 모른다. 하지만 몸 안에 있는 허주의 요력이 그쪽으로 가야 한다고 충동질을 하고 있었다.

[……갈 거냐?]

허주가 물었다. 만약 허주가 몸뚱이가 있었더라면 허주는 조금의 주저도 없이 그곳으로 향했을 것이다.

이성민은 침묵했다. 가야 할 이유가 있는지를 알 수가 없었기 때문이다.

[너를 충동질하지는 않으마. 위험할지도 모르는 일이니까.]

"굳이 갈 필요는 없지 않나?"

이성민이 고민하다가 입을 연다. 실제로 그랬다. 이 숲에서 취할 것은 모두 취했고 이제는 악령의 인도를 받아 숲을 나가면 된다.

이성민이 그리 답한 순간이었다.

드드드득!

숲이 다시 움직인다. 나무들이 꿈틀거리더니 서로 얽히며 거대한 벽을 만들었다. 반대로 꺼림칙한 기운이 느껴지는 방향은 나무들이 옆으로 휘어지더니 일직선의 길을 만들었다.

"이건 또 뭐야?"

루비아가 어이가 없어서 내뱉는다. 이성민은 미간을 찡그리며 사방을 가로막은 벽과 직선으로 이어지는 길을 보았다.

[아무래도 이 숲은 너를 내보내고 싶지 않은 모양이로구나.]

허주가 투덜거린다. 이성민은 악령들을 보았다. 악령들은 주저앉은 모습으로 이성민에게 머리를 조아리고 있었다.

"빌어먹을."

결국 가기 싫어도 갈 수밖에 없다는 뜻이었다.

일주일 동안 숲을 떠돌면서 이성민의 추격자들의 수는 상당히 줄어 있었다.

숲의 밤은 끔찍하고 두려웠고 해가 뜬 낮도 마찬가지였다. 뭔지 모를 악령들은 밤의 어둠을 떠돌며 듣기 싫은 비명과 흐느낌으로 유혹했고, 어둠 속에서 튀어나온 요괴들은 낮과는 비교도 할 수 없을 정도로 강력했다.

그들과 싸우는 과정에서 세가의 무인들이 죽었다. 낮에는 알라두르의 주술을 통해 숲을 가로질러 이성민을 추적하려 했으나, 주술이 가리키는 방향으로 간다 한들 숲의 미로에서 방향대로 가는 것은 불가능한 일이었다.

그런 상황에서도 밤은 찾아왔고, 요괴들은 습격해 왔으며, 악령들은 유혹했다.

미쳐 버리는 것이 당연한 상황이었다.

세가의 무인들은 강했다. 세상 어디를 가도 무시는 안 당할 실력을 가진 이들이다. 하지만 그들도 사람이었다. 어린아이만큼은 아니어도 두려운 것에 대해 공포를 느끼는, 당연한 사람.

"추적을 그만둬야 하오."

남궁회원은 몇 번이나 했던 말을 다시 말했다. 그 말에 제갈태령은 헝클어진 머리를 쥐어뜯다가 남궁회원을 돌아보았다.

"이 개고생을 했는데 아무 성과도 없이 돌아가자고?"

"계속하였다가는 정말로 죄다 개죽음당할 뿐이오."

남궁회원은 제갈태령의 시선을 피하지 않으며 대답했다.

이미 남궁세가의 창천검광대에도 피해가 났고, 당가의 암야흑무대나 제갈세가의 현환충검대도 피해를 입었다.

처음 이 숲에 들어올 때는 마흔다섯으로 이루어진 그들이었지만 이제는 스물도 남지 않았다.

몇몇은 죽지 않고 야밤을 틈타 탈주해 버렸다. 그들이 살아서 숲 밖을 나갔는지 죽었는지, 아니면 아직도 숲을 떠돌고 있는지는 아무도 모른다.

"그럴 수는 없다."

제갈태령은 일주일 사이에 눈에 띄게 마르고 날카로워졌다. 지금의 제갈태령을 붙들고 있는 것은 쓸모없는 오기였다.

"귀창을 만나지도 못하고 돌아가게 된다면 모두가 나를 비웃을 것이다. 그럴 수는 없……"

"이제 와서 명예를 챙기시겠다는 거요?"

남궁희원이 윽박을 질렀다.

"계속해서 고집을 부린다면 나는 창천검광대를 데리고서 돌아가겠소. 그러니까……"

"네가 정말로 그럴 수 있단 말이냐? 모용서진은 나와 함께 있을 텐데?"

제갈태령이 비웃음을 지으며 이죽거렸다.

"하지도 못할 소리는 마라. 물론, 네가 모용서진을 내버려 두고 돌아가겠다면! 나는 막지 않을 것이야. 하지만 네가 과연 그럴 수 있을까?"

남궁희원의 얼굴이 일그러졌다. 그는 자신도 모르게 모용서진 쪽을 보았다. 모용서진은 설마 여기서 제갈태령이 자신을 언급할 것이라고는 상상도 하지 못한 얼굴이었다.

"저, 저는……"

"설마 여기서 돌아가겠다고 말하려는 것은 아니겠지."

제갈태령이 이죽거리며 말했다. 그 말에 모용서진의 말문이 막힌다.

당아희는 그런 그들을 노려보았다. 솔직히 당아희도 추적을 그만두고 돌아가고 싶은 마음은 있었으나, 제갈태령처럼 이렇게까지 했는데 아무 성과도 없이 돌아갈 수는 없다는 오기도 동시에 느끼고 있었다.

"그냥 얌전히 돌아가는 것이……"

참다못한 알라두르가 입을 열었다. 그때였다.

푸욱!

등 뒤에서 찌른 손이 알라두르의 가슴을 꿰뚫었다.

"켁."

알라두르의 입에서 피가 뿜어졌다. 그는 가슴을 뚫고 나온 손을 내려 보다가 믿을 수 없다는 표정을 지으며 뒤를 보았다.

그 시점에서 알라두르의 가슴을 뚫고 나온 손이 뽑혔다. 피가 울컥하고 뿜어지면서 알라두르의 몸이 휘청거렸다.

"그러니까…… 씨발……"

알라두르가 처참한 얼굴을 하고서 끊어지는 목소리로 내뱉었다.

"이 숲은 좆 같다니까……."

그 말을 남기고서 알라두르가 앞으로 자빠졌다.

으아아악!

그를 보고 있던 무인들은 체통도 잊고서 비명을 질렀다.

알라두르의 가슴을 꿰뚫은 것은 창백한 얼굴을 한 적귀였
다. 그는 손을 더럽힌 피를 혀로 핥으면서 그를 향한 시선들을
보았다.

"많군."

적귀가 중얼거렸다.

이성민과 조우한 후로 숲을 떠돌던 적귀는 모여 있던 세가
의 무인들을 보았다.

망설일 것은 없었다. 몬스터가 그러하듯이 요괴는 인간을
먹는다. 다만 요괴가 인간을 먹는 것은 단순히 배를 채우는
몬스터와는 다른 이유가 있다.

인간을 살해하고 먹는 것. 그것은 먹잇감으로 전락하여 죽
는 인간이 느낀 공포를 먹는다는 것이다. 그것은 요괴에게 있
어서 포만감뿐만이 아니라 힘을 더해주기도 한다.

"이 숲에 자리 잡은 이후로 이렇게 많은 인간을 보게 되는
것은 처음이야……. 겁도 없는 녀석들."

적귀는 세가의 무인들을 비웃으며 그렇게 중얼거렸다. 적귀
에게 있어서 지금의 상황은 더할 나위 없이 좋았다.

야나에게 심장을 뽑힌 이후로 적귀는 계속해서 약해지고 죽어가고 있었다.

죽음의 진행을 막기 위해 이 숲에 자리 잡기는 했지만 진행을 늦추기는 했어도 완전히 멈출 수는 없었다.

그러니 필요한 것이다, 인간의 공포가. 저들이 두려워하면 할수록 저들을 포식하였을 때에 적귀가 얻는 힘은 많아진다.

비록 야나에게 패배하여 어르무리에서 도망치기는 했으나 적귀는 포기하지 않았다. 이곳에서 힘을 회복하고 숲의 요력까지 취한다면 야나를 쓰러뜨리는 것도 어려운 일은 아닐 것이다.

"두렵나?"

적귀는 공포로 물들어 가는 무인들의 얼굴을 보면서 물었다.

공포는 전염된다. 갑자기 알라두르가 적귀에게 죽은 것으로세가 무인들의 얼굴에는 공포가 번져 가고 있었다.

적귀는 그것이 만족스럽고 즐거웠다. 비록 약해지기는 했어도, 한때 프레데터의 정점 중 하나였던 적귀의 힘은 저들 모두를 쉽게 죽일 수 있을 정도였다.

"너, 넌 누구냐?"

제갈태령이 공포를 숨기려 하며 물었다. 그는 급히 몸을 일으켜 검을 뽑았다.

적귀는 제갈태령의 얼굴을 물끄러미 보았다.

"적귀."

"적귀……?"

제갈태령은 그 이름을 알지 못했다. 하지만 남궁희원은 아니었다. 그는 이 숲에서 지내는 동안 에레브리사를 통해 미혹의 숲에 와 있는 요괴들에 대해 들어두었기 때문이다.

"검을 뽑아라!"

남궁희원이 고함을 질렀다. 그 외침에 창천검광대의 전원이 검을 뽑았다. 제갈태령도 뒤늦게 현환충검대에게 그것을 명령했다.

"저항도 좋지. 그것이 꺾일수록 인간은 절망과 공포를 느끼게 되니까……. 오랜만의 포식이다. 나를 즐겁게 해다오."

적귀가 이를 드러내며 말했다.

당아희가 더듬거리며 암기를 꺼낸다. 암야흑무대가 사방으로 뛰어나갔다. 수십 종류의 암기가 적귀에게 쏘아졌다.

드드득!

적귀의 등이 열리더니 두꺼운 갑각이 튀어나와 암기에게서 적귀의 몸을 보호했다.

"현환살검진을!"

제갈태령이 고함을 지른다.

현환살검진은 현환충검대가 펼치는 검진이다. 비록 숫자가 꽤 줄기는 했으나 그렇다고 해서 검진을 펼칠 수 없을 정도는 아니었다.

남궁희원은 급히 모용서진을 찾았다. 모용서진은 검을 들기는 했으나 어쩔 줄 몰라 머뭇거리고 있었다.

적귀가 움직였다. 앞으로 달린 적귀는 가장 먼저 암기를 던져 대던 암야흑무대의 한 명을 덮쳤다.

암야흑무대의 대원은 보법을 펼쳐 적귀에게서 벗어나려 했으나 적귀가 확 하고 뻗은 손은 암야흑무대원의 목을 잡았다.

적귀는 보란 듯이 목을 잡은 손에 힘을 불어넣었다.

퍼억!

암야흑무대원의 머리가 위로 튀어 올랐다.

"하하하!"

적귀가 웃음을 터뜨렸다. 적귀는 입이 벌어질 수 없는 각도까지 벌려졌다. 그리고는 튀어 올라 떨어지던 머리를 한입에 삼켰다.

으적!

이빨에 머리가 박살 나는 것을 보며 세가의 무인들은 몸을 떨었다. 평소라면 이렇게까지 겁을 먹지 않았을 터이나 지금은 아니었다.

일주일 동안 이 숲에 시달린 탓에 세가의 무인들의 정신은 약해질 대로 약해져 있었다. 덕분에 공포는 빠르게 퍼져 나갔다.

"으아아!"

제갈태령은 마음속에서 꿈틀거리는 공포를 외면하려 고함을 질렀다.

현환충검대가 앞으로 달린다. 평소라면 뚫을 틈 없이 정교한 검진을 펼쳐야겠지만 일주일 동안 약해져 있던 정신력과 공포, 인원수의 공백은 검진이라기보다는 조악한 칼질놀음으로 보였다.

그 안에 뛰어든 적귀는 양팔을 휘두르며 현환충검대의 대원들을 학살했다. 그는 일부러 대원들을 죽이지 않았다. 팔을 뜯고 다리를 뜯는다.

나뒹구는 대원들이 아프다고 지르는 비명과 부모를 찾는 것을 귀 기울여 듣는다. 그런 비명과 절규는 공포를 증폭시킨다. 적귀는 입안에 들어오는 피와 인육의 맛이 깊어짐을 느꼈다.

공포에 절은 인간의 몸뚱이는 요괴에게 있어서 세상 무엇보다 맛깔 나는 식사였다.

남궁회원은 대적하는 것보다는 탈출을 생각하고 있었다. 남궁회원은 모용서진을 보았다. 틈이 보인다면 모용서진을 강제로 데리고서 이 숲을 탈출하기 위해서였다.

[가, 같이 가요.]

눈치 빠른 당아희가 재빠르게 남궁회원에게 전음을 보냈다.

[뭐요?]

[암야흑무대를 돌진시켜 시선을 끌겠어요. 그러니까 나도 데리고 가줘요!]

그 말에 남궁회원의 얼굴이 일그러졌다. 제갈태령을 버리는 것은 그렇다고 치고, 같은 세가의 가솔인 당아희가 당가 무인들을 버린다는 것이 역겹게 느껴졌기 때문이었다.

그러는 중에 죽는 이들이 늘어난다. 비명은 커지고 공포는 증폭된다.

적귀는 모르고 있었다. 이 숲이 허주의 요력에 물들어 요괴의 숲이 되었다는 것은 알고 있었지만 적귀가 아는 것은 거기까지였다.

사악.

숲이 일순간 침묵한 것을 적귀는 느끼지 못했다. 죽어가는 시체 직전의 무인들 한가운데에서 누군가가 몸을 일으킨 것도 보지 못했다.

몸을 일으킨 남자는 아무것도 입지 않은 알몸이었고 유령처럼 희미한 존재감을 가지고 있었다.

하지만 그는 틀림없이 그곳에 존재하고 있었다. 증폭되는 공포의 부름을 받아 그 공포를 취하기 위해 이곳에 현신한 것이다.

"저건 또 뭐야……?"

현환충검대를 죽음으로 몰아넣은 제갈태령은 어떻게 해야

이 끔찍한 상황에서 도망칠 수 있을지 생각하고 있었다.

상황에서 한발 물러서 있었기 때문에 제갈태령은 몸을 일으킨 남자를 보았다.

하지만 남자는 제갈태령을 보지 않았다. 남자는 무감정한 눈으로 학살을 계속하고 있는 적귀를 보았다.

남자에게 있어서 적귀는 자신의 먹잇감을 빼앗는 무뢰배였다. 그렇기에 남자는 적귀를 죽이기로 마음먹었다.

상대가 누구인가. 요괴인가 인간인가. 그것은 남자에게 중요한 사실이 아니었다.

"응?"

적귀는 손에 묻은 피와 살점을 핥다가 뒤를 돌아보았다. 알몸의 남자가 성큼거리며 다가오는 것을 보며 적귀의 눈이 크게 떠졌다.

적귀는 저 모습을 알고 있었다. 그렇기에 놀랄 수밖에 없었다.

"허주……?"

남자는 허주의 모습을 하고 있었다. 비록 적귀가 기억하고 있는 허주와는 비교도 할 수 없을 정도로 약한 존재였으나 남자의 모습은 허주였다.

적귀는 이해할 수가 없었다. 허주라면 조금 전에 보았다. 육체를 잃고 혼만이 남아 인간에게 달라붙은 그 추하기 짝이 없는 몰골.

그렇게 전락한 것이 한때 이 토지를 지배하고 있던 대요괴 허주의 말로였다.

"이게 무슨……."

학살이 멈춘다. 적귀는 상황을 깨닫고 어이가 없다는 표정을 지었다.

400년이라는 시간이 흘렀다. 허주는 죽었으나 허주가 남긴 공포와 요력은 이 숲을 요괴의 숲으로 바꾸어 놓았다.

그것만으로 끝나지 않은 것이다. 이 토지는 한때 이곳에서 군림했던 대요괴를 부활시켰다.

아니, 부활은 아니다. 저것은 어디까지나 이 토지에서 가장 강력했던 괴물의 모습을 본떴을 뿐, 허주 본인인 것은 아니다.

적귀의 눈에 탐욕이 어렸다. 허주 본인이라면 모르겠지만 단순히 모습만 본뜬 것이라면 이 숲에서 태어난 공포의 형상일 뿐이다.

저것을 먹는다면 이깟 인간들 수백 수천을 먹는 것보다 더한 힘을 얻을 수 있을 것이다.

"운이 좋군!"

적귀는 들고 있던 머리를 던져 놓고서 허주의 모습을 한 요괴에게 달려들었다.

그 순간까지, 적귀는 아무런 두려움도 갖지 않았다. 약해졌다고는 해도 적귀는 한때 프레데터의 정점이었다. 이 숲에서 태어난 공포의 형상. 아무리 길어 봐야 400년의 세월도 살지 못한 저 요괴는 절대로 적귀의 상대가 될 수 없었다.

그래야만 했다.

달려들고, 손으로 찢는 것. 적귀의 생각은 거기서 멈췄다. 자신의 양팔이 되려 뜯기고 머리가 뽑혔다는 것을 적귀는 끝내 알지 못했다.

양팔과 머리를 잃은 적귀의 몸이 달리던 속도 그대로 땅을 뒹군다. 요괴는 적귀의 시체를 내버려 두고서 남은 무인들을 바라보았다.

살아남은 이들은 상황을 이해할 수 없었으나 나타난 저 알몸의 남자가 적귀보다 더한 괴물임은 싫어도 알 수밖에 없었다.

"사, 살려…… 살려줘."

제갈태령은 공포를 이겨내지 못하고 주저앉았다. 그는 몸을 덜덜 떨면서 어린아이처럼 겁에 질려 더듬거리는 소리를 흘렸다.

남궁희원은 창백하게 질린 얼굴로 요괴를 보았다. 겁에 질린 것은 당아희도 마찬가지였다. 당아희는 가랑이가 축축하게 젖는 것을 느꼈으나 수치심도 느끼지 못했다.

"……서진."

남궁희원이 작은 목소리로 모용서진을 불렀다. 양손으로 입을 틀어막은 모용서진이 남궁희원을 돌아보았다.

"도망치시오, 뒤를 돌아보지 말고."

말은 그렇게 하지만 도망칠 수가 없다는 것을 남궁희원은 느끼고 있었다.

끝없이 헤매게 되는 숲이다. 이 자리에서 도망친다고 한들 이 숲을 빠져나가는 것은 불가능할지도 모른다. 하지만 그것을 알아도 남궁희원은 모용서진에게 도망치라고 말할 수밖에 없었다.

하지만 요괴는 다가오지 않았다. 그는 행동을 멈추고서 머리를 돌려 무성한 나무들을 바라보았다.

그리고 지진이라도 난 것처럼 땅이 뒤흔들렸다. 나무들이 꺾이더니 길을 연다. 요괴는 우두커니 서서 그것을 보았다.

생존자들은 요괴가 그쪽을 보고 있었으나 감히 움직이지 못했다. 모두가 느끼고 있었다. 움직임을 보인 순간 저 요괴가 이쪽을 향해 달려들어 모두를 죽일 것임을.

물론 그것은 확신은 아니었다. 하지만 '그럴지도 모른다'라는 공포가 모두를 움직이게 하지 못하고 있었다.

[뭔지 알겠군.]

허주가 중얼거렸다.

[이 숲은 네가 저 똥을 치워주기를 바라는 것 같다.]

이성민은 걸음을 멈추었다. 나무가 치워져 만든 길은 그리 길지 않았다.

설마 이렇게 가까이에 추격자들이 와 있을 것이라고는 생각하지도 못했고, 이런 참상을 마주하게 될 것이라고도 생각하지 못했다.

이성민은 죽어가는 부상자들과 시체들, 그리고 아직 목숨을 부지하고 있는 세가의 무인들을 보았다.

"……귀, 귀창."

제갈태령이 더듬거리며 중얼거렸고.

"……오랜만이야, 아우."

남궁희원이 내뱉었다. 그 말을 들으면서 이성민은 헛웃음을 흘렸다.

"아직도 나를 아우라고 하는 겁니까?"

"못 부를 이유도 없지. 한번 형님은 영원한 형님이 아닌가?"

남궁희원이 대답했다. 이성민은 그런 남궁희원을 물끄러미 보다가 이쪽을 빤히 보고 있는 요괴에게 시선을 주었다.

얼굴이 낯이 익다. 예전에 이성민은 저 얼굴을 본 적이 있었다.

[이 어르신과 똑같은 얼굴이군.]

허주는 놀라지 않고서 대답했다. 이성민은 아무것도 입지 않은 허주의 모습을 한 요괴를 보았다.

탄탄한 근육은 둘째 치고서도 하반신이 특히나 훌륭했다.

이성민의 등 뒤에 선 루비아는 양손으로 자신의 눈을 가렸으나 교묘하게 벌려진 손가락의 틈 사이로 보이는 루비아의 눈은 똘망똘망했다.

[거시기는 오히려 더 작아진 것 같은데.]

허주가 투덜거렸다.

'내가 저 녀석을 죽여야 한다고?'

[상황이 그렇지 않냐? 얌전히 나가려 하니 숲이 너를 가로막았고, 숲이 열어준 길을 가보니 저 녀석이 있었지. 왜, 겁나냐?]

'강해 보이는데.'

[강할 거다, 이 어르신의 공포에서 태어난 놈이니까. 하지만 너도 충분히 강해.]

허주는 오히려 지금의 상황을 즐기는 것처럼 보였다.

[한번 해봐라.]

허주가 재촉할 것도 없었다. 요괴가 움직였기 때문이다.

to be continued

바바리안 퀘스트

하늘산맥은 영혼들의 쉼터였고,
산 자는 하늘산맥을 올라선 안 된다.
모두가 그리 믿고 있었다.

"너는 위대한 전사가 될 거다, 유릭."

촉망받는 부족전사 유릭은 하늘산맥을 넘었고,
그곳에서 스스로를 문명인이라 칭하는 사람들과 마주한다.

『바바리안 퀘스트』

야만인 유릭이 문명세계로 간다.

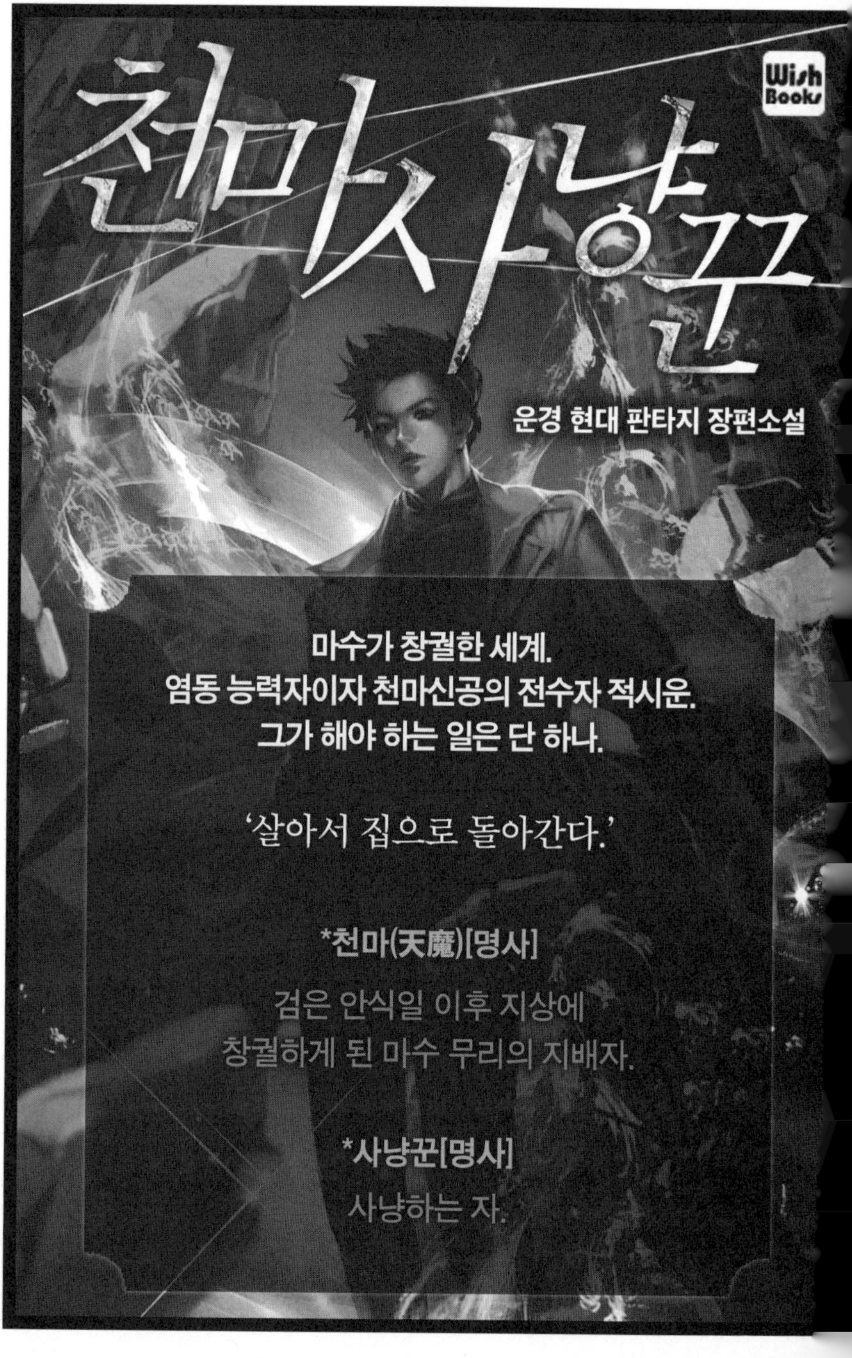
Wish Books
천마사냥꾼
운경 현대 판타지 장편소설
마수가 창궐한 세계.
염동 능력자이자 천마신공의 전수자 적시운.
그가 해야 하는 일은 단 하나.
'살아서 집으로 돌아간다.'
*천마(天魔)[명사]
검은 안식일 이후 지상에
창궐하게 된 마수 무리의 지배자.
*사냥꾼[명사]
사냥하는 자.

강화학개론

빈형 게임 판타지 장편소설

[+15 초보자용 하급 단검 강화를
성공했습니다!]

사고와 함께 찾아온 특별한 능력.
남들이 메인 시나리오 퀘스트를 쫓을 때
한시민은 강화 명당을 찾는다!
가상현실 게임 '판타스틱 월드'에서의 강화를 위한 모험!

"아, 빌어먹을. 9강부터 이 X랄이네."

그 유쾌하고 통쾌한 이야기가 시작된다!

음악의 신

이창연 장편소설

손대는 가수마다 모두 실패한
마이너스의 손, 강윤.

사채업자에게 쫓겨
사랑하는 동생과 삶을 잃고 죽음을 맞는데…….

"혹시 원하는 게 있는가? 내 정신없어서 그냥 갈 뻔했군."

"그냥 다시 시작하고 싶네요. 처음부터 다시."

우연히 얻은 10년과 음악을 보는 눈!
더 이상 마이너스의 손은 없다.
3류든, 1류든 그의 손을 거치면 신화가 된다!